謝謝自己夠勇敢

the bravest of you

張皓宸——著　楊楊——攝影

天使

／張皓宸

　　準確來說，如果以寫作時間來看，這算我的第二本書。是《你是最好的自己》的姐妹篇。在我最懵懂的年歲，到逐漸因為心態的轉念而收穫幸福後，匆匆記下了這些故事。我一直覺得，人一輩子到死可能都是迷茫的，平凡的，看不破的，但如果我因為身體裡感受到了那麼一點點幸福的方法，我是不吝於與大家分享的。畢竟這個世界已經太多黑暗了，但生活總要有一縷光，你說是吧。

　　時隔五年後，《謝謝自己夠勇敢》將在臺灣出版，再看這些文字與插畫，竟覺得那個時候的自己是真實的善良與單純，要知道，我現在已經寫不出這些故事，畫不出這些插畫了。因為想得太多，顧及得太多，欲望太強烈，表達的機會又太少。這些年，悟到的人生道理都已經說盡，未來還長，身為寫作者，還需不斷地體驗以及感受。

　　分享一個創作這本書時的趣事吧。

　　因為這本書裡的主角們很多都有原型，所以很自然地，前期就需要找他們收集一些素材，最後自己變成了一個交友中轉站。大家互相不認識，

有一年，電視上在放一個很火的唱歌節目，冠軍誕生夜那晚，我索性把書裡的朋友們都請來家裡，大家也彼此認識一下，交個朋友。他們在客廳鬧著笑著，我在一旁寫書，全然不被打擾，偶爾抬頭看一眼他們，竟覺得這個畫面無比奇妙。

其實書裡故事的結局，很多都潤色過，真實生活並沒有想像的那麼美好，愛人不可得，工作不順心，身體不夠健康，每一天都可能會面臨告別。但不論每個人有多少苦楚，看著他們同框出現在我家時，我就覺得幸福原來是可以具象化的，能用筆桿子把他們每一個人都變成天使。

感謝這本書，讓我認識了很多朋友，也感謝這本書，讓我認清楚自己，好在五年前那個最該叛逆浪擲虛度的年紀，一刻不停地為熱愛服務著，儘管我全然想不到，五年後，這本書還能跨越海峽，來到你的手裡。

我們都是有故事的人，我們也都在現實世界摸爬打滾著，但我看了你一眼，你翻起了這本書，我就認定，你一定是個可愛的天使。

繼續在這個世界裏，釋放愛吧。

謝謝自己夠勇敢

／張皓宸

「歡迎來到現實世界，它糟糕得要命，但你會愛上它的。」

　　這個世界本就是傻瓜的狂歡，我們都傻得心甘情願，所以才勇敢做自己，沒心沒肺地認真浪費人生。而我知道，我們身在同一個磁場，相信正面的吸引力，因此才會相遇。

　　這本書陸續寫了一年，我由一個寫作者變成聆聽者，生活不缺好的故事，親密到朋友或家人，陌生到專車司機或是餐館老闆，他們成為了二十一個故事的主角，不完美，卻足夠勇敢。做為《你是最好的自己》系列的第二本，仍然收錄了老搭檔楊楊的最不像手機拍的手機攝影圖，以及我們共同完成的創意插畫，給你一年份的鼓勵。

　　此外，我們還在書裡特別設計了手寫記事頁。現代人習慣打字，卻忘記書寫的踏實，其實寫字是最溫柔的解壓方式。你可以把故事中喜歡的句子摘抄在記事頁上，或是自己手寫一段故事，讓這本書因為有你的參與而歸於完整。

　　性格使然，我們的文字、攝影和插畫一直都保持樂觀，於我們是習慣，也是善意，希望這些圖文能給你帶去力量，如若被粗暴歸於雞湯，但願也能為你填飽一霎，讓你的世界有一點點不同。

希望今後每一本書的會面，我們都能像老友般談笑風生，日子累成歲月，一起成熟，回望自己一路傻裡傻氣地咬牙堅持，一個人練習一個人的勇敢。

　　世界對你好，因為你值得；偶爾欺負你，相信它是無意的。有時候努力一點，是為了讓自己有資格不去做不喜歡的事，為了能讓自己遇見一個喜歡的人時，不會因為自己不夠好而沒能留住對方。為了避免與朋友拉開差距，未來也能看到同一個世界。為了看清自己最後能走到哪裡。

　　歲月是慢性流浪，遠方仍然是遠方，如今與別人無關，謝謝自己夠勇敢。

当月是慢性流浪，远方永远是远方，
如今日别人无恙，谢谢自己的勇敢

01

有些人就是
為了找你，
才去你們相遇
的地方

單身的人總說一個人挺好，沒有嫉妒也沒有失望，但每當把自己打扮得人模狗樣時卻沒人在乎，發個燒去醫院吊點滴得靠自己掛號，在機場上個廁所還要拎著行李箱去時，就有那麼一瞬間不想再一個人了。其實所有理直氣壯的單身，背後都藏了多少苦逼兮兮的人生。

　　這個故事的單身主角是逗號小姐和句號先生，兩人通過叫車軟體認識。因為趕時間又叫不到車，逗號小姐嘗試各種辦法未果，於是鬼使神差地把叫車軟體頭像上的自拍換成了個長髮美女，沒出兩秒，句號先生搶了她的單。

　　逗號小姐是個資深文藝青年，愛在深夜的朋友圈裡寫雞湯，保持每天一部冷門佳片的習慣，二十二歲那年開了個紋身貼紙的淘寶店，一直平淡經營至今，生活永遠是個未完待續的狀態，感情也如是。句號先生的人生則圓滿得多，含著金湯匙出生，爸媽雖然難搞但也沒給他繼承家業的壓力，在加拿大半學半玩混了個文憑，回國就開始享受人生。自從叫車軟體有了順風車功能以後，他無聊了就變成車主，只拉漂亮妹子，輕度聊騷，願者上鉤。

　　可能是出於買家秀和賣家秀的差別讓句號先生失望了，也或者有什麼其他原因，句號先生全程沉默不顧逗號小姐的問詢。直到問他車上有沒有水還不見搭理的時候，逗號小姐怒了，搬出為人處事生存哲學一番聒噪教育，句號先生只回了她一句，長得樸素還話多，人生夠不幸的了，對自己好點，我看著都心疼。到了目的地，叫囂著要投訴他的逗號小姐憤憤地下了車，甩上車門，做了個非常用力的鬼臉，心裡OS，最好是一輩子當司機。

　　然後她才看到句號先生開的是保時捷。

車剛開到三里屯，句號先生準備接單，後座突然響起電話鈴，是一部套著粉色大哥大形狀保護套的愛瘋。心想是剛才那個女乘客的，還想著給她送回去，結果一接通就聽到逗號小姐尖厲的聲音大喊，你最好把手機還給我，我手機可是有定位系統的我告訴你，天涯海角我也逮你去！句號先生火不打一處來，看見旁邊開過一輛垃圾車，直接搖下車窗用力丟到了垃圾車廂裡。

結果最後還是被趕來的逗號小姐找回來了，因為北京的路實在太堵了。

逗號小姐當著句號先生的面打了投訴電話，聲淚俱下地複述事情經過，重要的事說了三遍，請封殺這個車主。句號先生急了，你活生生斷了我體驗生活的後路。逗號小姐換上一臉鄙薄的表情說，是斷了你泡妞的後路吧。叫車軟體的客服適時來了電話，句號先生沒敢接，回頭瞪了她一眼，咬牙切齒地上了車揚長而去，逗號小姐晃著手裡的粉色大哥大微笑地行使注目禮，至此，這場荒誕的相遇結束。

事情變得有意思起來是在一週之後。

逗號小姐的紋身店鋪突然收到一條差評，理由寫著：賣家說是防水紋身貼，我丟到浴缸裡泡了一晚上就爛了，請問哪裡防水。氣到肝兒顫的逗號小姐打電話過去想協商取消，但提示對方是空號，本想放棄，結果第二天又收到一個差評，到第三個差評出現的時候，買家的電話打通了。那男的氣焰囂張，逗號小姐低聲下氣全程把「對不起」三個字掛嘴邊，突然那男的大笑，聽出是句號先生後，她胸悶氣短一時間連髒話都捉襟見肘，只得惡狠狠掛掉電話。

逗號小姐從未經歷過差評帶來的災難，原本就普通的小店，因三個莫

名其妙的差評幾天內訂單竟然縮水一半。執拗的逗號小姐不信邪勉強撐了半個月，結果眼看交了房租後，銀行卡的數字遲遲不見更新，不得已乖乖打回了句號先生的電話，求他取消差評。

句號先生說，取消可以，一個條件換一個差評。

第一個條件，逗號小姐親自打電話給叫車軟體客服，依然聲淚俱下地說上次的投訴是自己腦回路失常的一次惡作劇，她從未見過如此體貼幽默，又責任感爆棚的司機，她為叫車軟體公司能有這樣的車主感到驕傲與榮幸。

第二個條件，句號先生說他家的阿姨住院了，讓逗號小姐給他打掃衛生，為期一個月。掛著一副專業家政臉的逗號小姐到了他家就震驚了，先不說占地尺寸跟電視裡那些豪宅無異，粉碎她三觀的是她第一次見到可以噴水唱歌的馬桶，可以控制屋裡燈光窗簾空調一切東西的iPad，以及臥室天花板是一大塊可以變成星空的LED。最讓她興奮的是體感遊戲機，切水果打殭屍開賽車踢足球一應俱全，而且她發現不可一世的句號先生竟然沒什麼朋友，於是大發慈悲把兩人的冤家大戰從雞毛蒜皮的小事轉移到遊戲機上，全身心陪玩，並且每次都贏他。

有次兩人玩水果忍者正擺著詭異POSE的時候，句號先生的媽媽突然掛著一張撲克臉進來了。她說話句句帶刺，說句號先生某女友的分手費都要到她頭上了，於是搬出一輩子活該沒人愛的論調，直刺句號先生。這樣的尷尬齟齬逗號小姐都不曾有過，正義感油然而生，直接開口叫了人媽，說正牌女友在這裡。

撞了冰山的逗號小姐沒沉沒，反倒讓句號先生心裡鬆了弦，一來二去

雖然拌著嘴，但也竟然多了一份惺惺相惜的嫌棄。句號先生會時常犯病把大花臂紋身貼在家具和牆上，讓逗號小姐第一次覺得自家的貼紙醜到糟蹋了美好，開始懷疑人生。他還會不時一個電話過來，說想去吃「蘭拉」，於是兩人坐在蘭州拉麵店裡，句號先生哧溜哧溜吃麵，逗號小姐在旁邊翻白眼。終於有一次兩人蹲在7-11門口吃關東煮的時候，好奇心作祟的逗號小姐問他，為什麼不好好當高富帥非得要這麼接地氣，吃拉麵關東煮當司機把妹，城裡人真會玩啊。句號先生說，爸媽是誰又不是我能選的，但我是誰是可以自己決定的，至於過去在一起的那些妹子，不過是因為覺得自己不夠好，那就在也不夠好的人身上試錯，大家互不耽誤。逗號小姐問，怎麼知道自己不夠好。如果自己變成異性，看看會不會喜歡現在的自己，句號先生答。逗號小姐沉吟半晌，那我挺喜歡我的。那你得離我遠點，說著句號先生開始往嘴裡塞關東煮。兩人沉默片刻，逗號小姐又問，第三個條件是什麼，句號先生包著一嘴食物說，再等等。

句號先生二十六歲生日這天，他偉大的母親送給他的生日禮物是發配他跟逗號小姐去大阪旅遊，難得冰山媽媽有點融冰的跡象，加之又是始作俑者，逗號小姐只得硬著頭皮跟了去。嘴上說著不想要，身體非常實誠的逗號小姐出了機場後，整個人就像手機調到了震動模式，全程亢奮。在環球影城裡抱著小黃人的公仔不撒手，在京都強迫句號先生跟她一起穿和服去寺廟裡擺拍，在奈良公園舉著餅乾一邊尖叫一邊勾引身後的一群小鹿。最後兩人在居酒屋喝到微醺，見逗號小姐專注吃著毛豆，句號先生突然說，第三個條件，不管你願不願意，我好不好，我給你七天，必須喜歡上我。因為，我已經喜歡上你了。

　　結果沒出三天，逗號小姐就提前完成任務。

　　當那鐵石心腸化作百轉柔腸，當那既定標準忘到九霄雲外，當那一廂情願變成一生廝守，句號待在逗號身邊，兩人在一起，就是一段情話。

　　你喜歡巧克力口味的奧利奧，就算超市斷貨，你也會買花生巧克力夾心的，只吃掉巧克力的那一半。吃到甜的李子是要靠運氣的，一口很甜，一口酸了，那就不吃了。保持專屬於你的執著和難預料的怪脾氣都沒有關係，喜歡你的人終有一天會看見你。那些夜裡聽情歌入眠的失落和沒有人照顧的喋喋不休都會找到歸屬。

　　有件事其實逗號小姐不知道，在他們第一次相遇那天，她叫不到車，於是把軟體上自己的頭像改成了個長髮美女，沒出兩秒，句號先生搶了她的單。

　　但句號先生搶單的原因，是看見了逗號小姐原本那張傻乎乎的自拍，覺得跟其他女生不一樣。

　　你相信嗎，有些人就是為了找你，才去你們相遇的地方。

有些人就是为了找你，
才会你们相遇的地方

02

這段路
只能陪你
到這裡了

畢業同學錄裡最愛寫「要做一輩子的好朋友」的人，到現在很多都失聯了，倒不是說不懂得珍惜，而是停停走走岔路太多，大家都腳下有風，各自燦爛，剩下為數不多還有交集的同學裡，印象最深的，小序算一個。

　　我跟小序嚴格上說不算是同學，中學那會兒隔了兩個班，全靠玩網遊建立了迷之友情。在當時的大環境下，男女沒有純友情，男生跟女生玩要麼是娘炮要麼想勾搭，很幸運，我兩項都占了，當時聲音細確實夠娘，也確實挺喜歡小序。因為她什麼都大，臉盤子大，眼睛大，胸部尺寸也飛揚跋扈的，再加上她爸是我們年級出了名的最帥數學老師，就更添了光環。小序起初對我也有點意思，交換日記寫了好幾本，不過等到她有次去開水房打水碰見那位後，我就成了單方面意淫。

　　小序覺得那位像陳冠希，我酸她說是挺像的，都有鼻子有眼睛，也帶把兒。那麼多可歌可泣的校園愛情，小序最後選了最要命的一種——暗戀。幾乎每節課下課都會去開水房打水，生怕碰見，卻又好想看到他。後來打探到他上高二，在我們樓上，於是只要沒事就站在二樓欄杆前張望。往往課間操跟我樂此不疲聊遊戲的她，後來一個人做得無比認真鏗鏘有力，尤其是第八節體轉運動，每次回頭都眼帶雷射在人群裡直掃那位。更嚴重的是有次升旗儀式，我們班上週總評分在年級裡得了倒數，校長當著全校一頓批。小序站我旁邊眼含淚花看著校長的方位，我想說她啥時候這麼有集體榮譽感了，只聽她碎碎念道，你看啊，那位怎麼能這麼帥。我當時就幡然醒悟，此前會喜歡這姑娘，應該是青春期荷爾蒙瞎起勁所致，並且起得有點兒糙。

　　後來小序真的認識那位了，據她說是在我們那個網遊裡認識的。賣藏

這個世界沒有什麼是不能失去的，
留下的盡力珍惜，得不到的都不重要

寶圖的時候，標價後面少打了個零，結果被那位不小心買了，於是小序死纏爛打在「世界」窗口黑他，逼得那位直接甩給她藏寶圖二十倍的銀子，就當認栽。小序被這霸道總裁俘獲，又在「世界」窗口隔空表達愛意，兩人一來二去成了網友，等一見面，小序圓滿了。

她偷偷地把那位的QQ設置成好友上線通知，不錯過任何一次聊天的機會，儘管只有我知道，她每次激動腦袋空白的時間比聊天的時間要久。他們放學一起坐公車，兩個人推搡地擠在人群裡，話也漸漸變多了，儘管也只有我知道，她回家根本不用坐公車，兩步路就到了。

那年冬天，成都第一次下大雪，街上無論多晚都會有年輕人在雪地裡打鬧。小序和那位並排走著，她冷得把臉縮進羽絨服帽子裡，看著自己鼻子裡呼出的白氣，神經已經被凍傻，談笑間突然對那位說：「我喜歡你。」那位馬上接了一句，「我知道啊。」

一點猶豫都沒有。

小序愣住，被落在鼻尖的雪花嚇出了寒顫。那位說，「把手放在我口袋裡吧。」小序照辦了。「那隻手也放進來吧。」他又說。「哦。」小序走上前轉身，跟那位面對面，然後乖乖把另一隻手伸進去。那位突然把雙手放進兜，兩人手一牽，一高一低看著對方，最後以親吻收場。

小序說直到今天，她仍固執認為，那位是她見過最特別、最好的人，不然怎麼會在自己最懵懂、最青春、最不懂愛，或許也是最懂愛的那幾年，那麼真切地喜歡著他。

小序和那位進入到戀人常規的相處模式，吵到天翻地覆，愛到海枯石爛。一晃到了高三，那位比我們大兩屆，已經上了市裡最好的大學，一

有空就來找小序。大學生身上自帶高人一等的背光，加上生活費多，小序的生活質量也噌噌飆高，還被不少同學羨慕過。做為雞犬升天裡的那隻雞……我自然也成了吃香喝辣的高瓦數電燈泡。也是那一刻，我覺得那位是有點像陳冠希，勉強再打個七折。

後來是SNS社區流行起來，那位戒掉了網遊，開始混豆瓣，流連於各種小組，偶爾發點照片和三兩句不成文的段子，身後一群女文青追。當時豆瓣有一個交友小組，叫「假裝情侶小組」，用文青體翻譯是說對生活的一種態度，因為找一個人開始很難，分手的時候又是那麼的痛苦，為了避免痛苦的經歷，就選擇中間最美麗的一段，說人話就是姑娘小夥我們看著順眼去床上啪啪啪吧。

那位成了那個小組的常駐用戶。

第一次發現那位出軌的時候，小序剛結束第一次診斷考試，成績還不錯，後來幾次診斷考試直接從本科苗子一落千丈到了專科。小序沒跟那位分手，不過進入冷戰，任憑那位如何自責道歉，她都不動容。高考成績下來，非常沒有意外地，小序被影響得很嚴重，分數說出來都寒磣，選擇題全選C應該也比她的分高。最後小序去讀了科技大學旗下的一個技術學院，五年制，專業是電子商務，聽著還挺有前景的，結果大一還沒上完，學校就給她下了警告，因為逃課太嚴重。

她跟那位又和好了，常跑去他的學校跟他膩著。我問過小序好幾次，真的還喜歡那位嗎？她反問我，直到今天，我的所有密碼都跟他有關，你說這是喜歡還是不喜歡？怎麼分？這輩子，分不開了。

那位的學校外面有一個非物質遺產公園，婚紗攝影聖地和情侶棲息

地，小序跟那位躺在草地上一遍一遍聽金海心的〈陽光下的星星〉，租自行車在公園裡浪費人生，在還沒修好的洋樓裡接吻，兩個人纏在一起從白天親到晚上，掛著紅腫的嘴巴回寢室偷笑。那時小序似乎又找回了熱戀的感覺，覺得初中暗戀他那麼久，不是白費氣力的，他一直都是自己心目中那個最迷人的少年。

小序大二的時候，新的專業老師估計也是鴻鵠之志沒處發揮，熱中於點名，三分鐘一小點，十分鐘一大點，被點名超過三次就不用參加考試了。小序乖乖上滿了他半學期的課，那位也為了畢業實習奔波，兩人多數時間靠手機聯繫，開始還會積極分享今天誰狗屎運碰上了大鍋菜裡的小強，後來寥寥幾句話，最後恨不得直接道晚安。小序沒大吵大鬧，而是無聲地把抗議都寫在QQ狀態上、微博上，但那位好像都自動屏蔽。

人與人之間的感情講究一個共振頻率，一次可以找藉口說忙，兩次可以說意外，但多次以後，就能知道對方心裡到底有沒有你。

這之後，他們快一個多月沒有聯繫，小序終於忍不住，直接殺去他們

學校找他，兩人去電影院看了《瘋狂的賽車》，笑到飆淚，卻不敢伸手牽住對方。當晚他們在學校旁邊的快捷酒店開了房間，那位洗澡的時候，小序看見他手機收到一條短信，來件人「10086」，內容是「老公，我想你了」。後來一整晚，兩人背靠背躺著什麼也沒做，小序突然問他，你愛我嗎？他猶豫片刻說，我也不知道。

那一瞬間，似乎又回到初中那個冬天，兩人牽著手交換鼻息，只是她一直誤會了，那份溫柔並不是她獨享的。

成了米其林三星備胎，小序覺得自己太廉價了，肯原諒他出軌，為他逃課，為他影響高考成績，壞事做盡徹底貶了值，女人看不起，男人愛不上。她從沒哭得這麼傷心過，抱著胳膊抽泣，有些東西，即便知道它過期了，但還是抱著僥倖的態度吃，吃到拉肚子才能信，就跟抽獎券刮出「謝」字也不信邪，一定要把「謝謝參與」四個字都刮出來，因為沒辦

法接受啊，聽到一起聽過的歌，吃到一起吃過的東西，經歷一切相似的瞬間，就會沒自尊地去挽回。

大二一結束，小序就被她的最帥數學老師送去了法國，也是到了那個時候，我才發現從前不可貌相的同學都是隱藏富二代，成批蓋上外國的戳，四面八方地送出去。因為時差的緣故我跟她的聯繫也變少了，最多就是在她的部落格、人人看看她的近況，看到幾張身材走樣的照片，還會好心提醒她，臉本來就大，別太任性。

我從來都沒敢問小序後來的心情，我知道，愛情比任何事物都頑劣，它不會以你想像的那樣發展，你以為那個人來到你的世界，他就不會走，你以為他走之後前路險惡再也不會這樣愛一個人了，但最後會有另一個人出現，把回憶變得微不足道。時間最會騙人，但也能讓你明白，這個世界沒有什麼是不能失去的，留下的盡力珍惜，得不到的都不重要。

「唯願你以後有酒有肉有姑娘，能貧能笑能幹架，此生縱情豁達。」

這句話一度占據小序個性簽名很長一段時間，我按讚的時候，發現那位按了讚，小序竟然沒有拉黑他。

後來我跟小序見過一次面，她棄自己的身材於不顧，我嗆她要不是出於革命情感，我也是不太想跟她做朋友。席間又聊起那位，說是好像已經結婚了，在同學的朋友圈看到，一個特別土俗的婚禮現場，那個新娘子是個臉比她還大幾號的路人，當然，胸比她小太多。

那年法國國慶日，巴黎鐵塔被煙火包裹，小序發訊息給那位說，我們還是做普通朋友吧。不久後，那位回了訊息，小序直接關上手機，仰頭看天空。她說，分手以後，才知道心裡有人真的曾進來過，但時間久了以為

忘不了的也在不知不覺中忘了，他生日什麼時候來著，4月……算了，終於是忘了。

我說，記得也好，最好忘掉，就讓那段記憶好好放著，不打擾，不是你的溫柔，而是你太聰明。

如何跟喜歡很久的人說再見？時間懶了點，沒給我們明確答案。

不過真正地放棄一個人是無聲無息的，不會把他拉入黑名單，不會刪掉他的電話，看到他過得好可以毫不羨慕地按讚，即便路上碰見也可以給一個恰到好處的微笑，只是你心裡清楚知道，你們不會再熱絡地聊天到深夜，不會因為他矯情到死陰晴不定，當初那麼喜歡，現在那麼釋然，沒有猶豫，這段路，只能陪你到這裡了。

對不起，真的就喜歡你到這裡了，感謝你在昨天出現，現在我們都很好，留下的當作故事，離開的後會無期。

永远热情，永远快乐，
你要的生活，
只能自己给配...

好运就像美食一样，
只有懂得分享，
才能拥有更多...

願夜里有人為你只留灯,
你愛的那个人,
也能住進你的人生
...

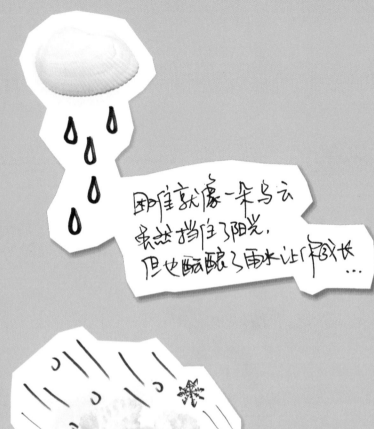

困难就像一朵乌云
虽然挡住了阳光,
但也酝酿了雨水让你成长...

每人都在奋不顾身,
都在加倍努力,
你没有理由一边委屈
一边把怨人世寒冷...

給自己多一點疼愛，
對生活多一點信心。

活着不是为了取悦别人，
只要自己开心，
就不用特别在意，
别人对你的看法⋯

那些过于太在意别人，
多半是不懂如何发泄
⋯

保持一兩个小缺点，
到死不改也没关系，
那正是你可爱的地方…

只要今天比昨天好，
就是前行路上最大的幸運。

03

好朋友就是
把好東西帶到
生命裡的人

一直覺得「朋友」是個很妙的詞。看起來比「戀人」平淡，又比「陌生人」要臉紅心跳。

已然翻過二十五個年頭，再提到這個詞還是五味雜陳，甚至比那為數不多的幾次戀愛都要刻骨銘心。時光經過了我們，也還是有那麼幾個走不散，一張損嘴，一顆真心，就組成了好多年。

上小學時的我是個典型的技術宅男，朋友不多，玩《仙劍奇俠傳》98柔情版認識了幾個兄弟，一到週末就三五個擠在我家電腦前走迷宮過劇情，上體育課還要玩真人角色扮演，那個時候他們老讓我演趙靈兒，雖然嘴上罵髒話但心裡甘願，因為每次搞怪扮醜的時候都能把圍觀的女生逗樂，當時我喜歡的女生也在其中。不過鑒於那女生光芒太刺眼且早戀該死，我的懵懂暗戀無疾而終，倒是跟幾個兄弟培養出了革命感情。升初中的時候因為沒分在一個班還跟家長老師鬧過，後來是我們妥協，說下課要約出來一起玩，放學要一起走，要做一輩子的好兄弟。

當然，我們沒兌現諾言，初中三年一過突然就變陌生了。

後來上大學的時候，在車站碰見過其中一個兄弟，他變了樣，身邊還跟著一個女生，我沒敢認，聽朋友說他們畢業就要結婚了。還聽說另外一個兄弟大三當交換生去了美國。當初我們因為結局趙靈兒的死還不爭氣地在電腦前抱團哭過，後來出了胡歌的電視劇版，只剩下我一個人哭。想想還是挺傷感的，不過沒關係，只要他們過得好，我也開心。

諸如此類的人生遺憾還有很多。比如初中愛上聽流行歌曲，恰逢班上周杰倫、林俊傑、S.H.E幾派紛爭。我同桌也是個愛音樂的男生，胖子一枚，我叫他大慶。大慶家裡有錢，我們還在用複讀機聽磁帶的時候他就已

經抱著CD機傲視群雄了，每到下課，我倆就分享一副耳機，就連放學也要一起去學校對面的唱片行，跟老闆娘刷好幾回臉熟才肯走。我們唱著「圈圈圓圓圈圈」，唱著「我要一步一步往上爬」，等過預售專輯，課堂上做過偶像剪報，酒店裡堵過明星。本說有福同享有難他當，結果在我們這麼浪擲了三年青春過後，我中考光榮落馬，連本校的高中部都要靠老爸找關係才能上。大慶呢，不盡好富二代的本分，偏偏做個隱藏學霸，畢業去了市裡最好的重點高中。

當時手機發條短訊一毛錢，發五條都可以買包辣條了，我這等魯蛇只得作罷，用起最古老的書信方式跟大慶聯絡感情，久了便失了趣味，信箋之間的字句忘了，只能依稀記得信封上那句標準的「謝謝郵差」。

跟大慶失聯後，很快在高中找到下家，以我座位為圓心的一圈男男女女，後來都成了朋友。那時父母老師把「高考完你就解放了」這面錦旗早早頒給了我，因此我的高中生活變得很平淡，除了學習還是學習。我們這幾個熟稔的朋友，一起給對方出拼音題，一起加入書友會，一起頂著熊貓眼和滿身試卷油墨味戰戰兢兢地走這座獨木橋，高考成績下來，也沒負那一起征戰的時光。

我在畢業同學錄上給他們每人寫了一篇八百字作文，措辭大概都離不開「一輩子的朋友」「永遠在一起」這種矯情的字眼。結果到現在，他們在哪裡、在做什麼，我全不知曉，唯有在電影裡書本裡看到「高考」二字時，想起那些累成狗的歲月，幾番感嘆罷了。

抹一把淚，不是不珍惜，而是我們誰都沒逃過時間的流逝，距離讓我們生活在同一片天空下，卻給了兩個平行的世界。

有些人还没来得及告别，
时间就霸道地给了一个拒绝.

　　畢業後我成了北漂，為了要跟爸媽獨立，全靠自己寫稿來支撐生活，最窮困潦倒的時候連房租都付不起。那會兒，還好有奇異果先生收留我，他是個跟我生日只差兩天的逗比，所謂的獨立音樂人，但我知道，這不過是一個徒有其表的稱號，背地裡是個幾近窮酸的秀才。他跟我一樣，不願父母掛心，報喜不報憂，經濟情況也不容樂觀，於是我倆擠在他在天通苑租的次臥裡生活了幾個月，每天叫十二塊錢的便當吃到想罵人，但也沒忘了我們遊蕩在北京的初心，我趴在床上打字，他戴著耳機一首接著一首寫歌。

　　心裡想著──夢想還是要有的，萬一實現了呢。

我之所以叫他奇異果先生，是因為與他的大名音同，且他那為數不多的粉絲也叫這個水果名。我不愛吃奇異果，在我印象裡，那是每一口都泛酸的水果，就像當時跟他相處的那段短暫時光，酸酸的，落魄地為夢想虧待生活。萬人狂歡的跨年夜，我們在小次臥裡伴著他的新歌跳舞，那個時候，我們共苦，以為等今後好了可以同甘，可真等到現在兩個人生活順遂的時候，卻不像過去那樣熱絡了，倒不是有了隔閡，而是好像彼此默契地成為對方的後備，關注著，按著讚，你好我也好。

　　記得我找到住處，從他那個小次臥搬走那天，奇異果先生對我說，想想這段時間真的挺開心的，不說什麼遇見你讓我變得更好這樣的話了，就

一句，至少在我現在最好的時候，能有你一起分享。

　　這是他逗比那麼久唯一矯情的一次，我恨不得丟了行李跟這個好基友日月為證歃血為盟。

　　從奇異果先生那兒搬走的契機，是因為出版了第一本不成氣候的書後，認識了一圈同行，杯盞間似乎把彼此的性格和好形象都烙在心上，動輒會因為一首歌抱頭痛哭，會因為一次三國殺誰是臥底的遊戲編上好大一段你儂我儂的友情箴言。那段時間大

家經常在一起，活得特別文藝，也因此變得多疑，懷疑朋友是不是真心對你，像是愛上哪個姑娘後嗅覺敏感的私家偵探。後來因為一些誤會就喪失了繼續交往的信心，不是都說了麼，那些會誤會你的人，從一開始就直接跳過了信任，你的所有解釋，不過是騙自己對方還在乎你的藉口罷了。

恍恍惚惚又是一年，終於找到適合自己的路，出版的兩本新書成績都不錯，夢想算實現了大半。我寫著那些療癒別人的故事，潛意識也告訴自己，你必須要更堅強，更懂是非，帶去更多能量，久了也自成一顆強心臟，像飛人般略過了很多彎路。

這之後當然又認識很多新的朋友，但心智早已成熟，不會在一開始就承諾一輩子，不會對別人抱有過多期待。知道別人幫你是運氣，不幫是應該的這個人生大道理。很少去酒局，很少玩桌遊，很少熬夜，很少為非作歹。哪怕冠著朋友的稱謂，也很少有相聚的時候，但時間不會讓我們缺失共同語言，每一次隔了好久的見面，也就像昨天才聊天玩笑過。

後來發現，越是情濃，相處越是平淡；越是真實，越不需要熱鬧的假像。聚時一團火，散時滿天星，是最舒服的方式。

朋友之間最好能一起進步，今年大家在一起只會喝酒唱歌玩桌遊消磨時間，明年就會頭腦風暴商量一起做件大事，能讓朋友漸行漸遠的從來都不是距離的遠近或是聯繫頻率的多寡，而是價值觀變得不同而覺得脫離了彼此的世界，一個正在未來，一個還留在過去。

《與神對話》裡寫道：「如果不能成為別人的禮物，就不要進入那人的生活中」，所以最好的友情，應該是讓別人擁有你，跟擁有禮物一樣吧。

有天晚上神經質地點開QQ空間懷舊，上面還是那麼多瑪麗蘇段子和火

星符號，加了鎖的相簿裡面全是大學時跟室友胡鬧的照片，看到我們寢室那個接吻狂魔就想哭，我們寢室四個都被他親過，我還說他一定是gay，媽的結果他現在都結婚了，老子還是單身。好友的相簿裡還有好多都快叫不出名字的人，有的胖得對不起進化論，有的整了容，有的小孩都兩個了，有的剛考上了公務員，還看到小學時喜歡的那個女生，臉上長了好多痘痘。

突然覺得青春恍若大夢一場，但醒來後的悵然若失，也不過如此。我可能此生再也不會跟小學那幾個兄弟相聚了，大慶終於消失在我的世界裡，飛揚跋扈地當好他的富二代，我也不會再敲開奇異果先生的門，問他，兄弟，借個宿唄。

有些人，相遇時沒想過會失去，但此刻已永遠地失去，還沒來得及告別，時間就霸道地給了一個拒絕。

最近在蔡康永的節目裡，聽到他說了一席話，大意是說，友誼這件事現在被包裝得非常華麗跟高貴，但等到我們人生歷練多了之後就會發現，人生的每個階段會有不同的好友，所以不要把友情放到一個高度上，而是成為你生命的厚度，好朋友是把好東西帶到我們生命裡來的人。回頭想想，其實真的是這樣。

有人把人生與朋友的關係做了很多比喻，我覺得最貼切的還是像列車，有人在這站下，有人下一站，也有人終點才下，每個人都有每個人的去處和目的地，他們下了車，你別挽留，因為會有新的人上來，能陪你到最後的，只能說你們目的地相同，那些離開的，就成了最好的回憶。

而人都是靠回憶活著的，願他們安好，比自己還要好。

04

活著
便是平淡一生
最好的安慰

有時候回頭看我們經過的路，都挺不容易，從還是小孩子的時候，就聽大人說，成績好了，考上好大學了，人生就開朗了，結果從新手村出來，才發現很多地圖還未開啟。一路碰壁磕磕絆絆，傷痕累累地出現在某個既定的人生制高點，用一副沙啞的嗓子喊，我若不勇敢，誰替我堅強。

低谷小姐把我最新發的微博截圖傳給我，說你們這些文人不好好說話，一句話能說完的事非得扯成十句，其實高度總結下來，就一句：只要活著，就會有好事。

低谷小姐是我大學同學，也是唯一在她面前我攻擊力為零的女人，即便我平時再能言善辯，靠一筆桿子定乾坤，在她面前只能繳械投降，俯首稱臣。因為我知道，她的人生就是一鍋勵志的心靈雞湯，拚經歷比慘，擺窮酸道理，對她來說都太小兒科。

我最初注意到她是在大一，那時她跟一個矮個兒文藝男談戀愛，兩人跟連體嬰似的牽手上課吃飯偷取快遞，高頻率秀恩愛。不巧身為單身狗的我總碰到他們，低谷小姐頭髮自然黃，常穿一條背帶褲，她臉盤子大，但眼睛小，每次看我都自成一副輕蔑的鬼樣子，我當時就想，太妹和小白臉的愛情，能有幾年得瑟勁兒。

接下來有段時間，我不常見他倆，直到大一快結束，有天在學校的中央湖邊看到低谷小姐一個人坐著，本想默默路過，結果她叫我名字，張皓huan。媽的那個字念chen，做了一年同學你還不知道我叫啥，一口氣憋得我直楞楞坐在她身邊，鬼使神差地聊開了。問到她那個小男友，她臉色一沉，把袖子撩起來，伸出手腕，露出一道結了痂的小口子。

她跟小男友分手了，男方劈腿，愛上了工商系的學姐。剛分手那幾天

低谷小姐過得非常渾噩，宅在寢室裡，不吃不喝，蓬頭垢面地一遍遍給男友打電話，後來男友索性關機，低谷小姐腦子一片空白眼淚直流，跑到廁所一個人聲嘶力竭的。當時是凌晨，低谷小姐哭得已經意識模糊，操著一把水果刀對準手腕念叨著想死，但轉念又想，姐才十八歲，這一死，今後怎麼去住大房子，怎麼和愛人養貓，怎麼說走就走去旅行。想著未來的種種美好，她突然一點都不傷心了。末了，結果在廁所踩滑，被自己誤傷，真的把手腕割出了口子。

低谷小姐告訴我在她三歲時爸媽離異，她跟著爸爸，但她爸後來找了個年紀跟她相仿的後媽，兩個女人每天吵得聲勢浩大。低谷小姐想盡一切辦法讓他們離婚，終於讓原本脾氣就臭的爸爸破了底線，動輒一枚菸頭燙到低谷小姐手臂上，還把「斷絕父女關係」成天掛在嘴邊。

她平淡地說，這些年我都住在市裡的姑姑那，我爸的臉都快忘了，也難怪，以前那麼血氣方剛的一個人，被我折磨得毫無辦法，他恨我，我也認了。

看她經歷這番風雨後還是一副不痛不癢的樣子，我立刻就被這姑娘折服了，我們聊得越來越投機，後來變成她來我寢室樓下等我一起去上課，約著去校門口吃二十多塊錢一位的冷鍋魚，刷遍新上映的電影，以前看都不敢看的自由落體、懸掛式過山車，也被她拉著坐了。

低谷小姐身上就像有一塊活性炭，隨時吸附著負面情緒，但總能以一種很灑脫的方式分解。不過，其實她並不是心甘情願走在這片谷底，真的好像很享受折磨似的，而是很多事你不問她就不會說。就像我也是後來才知道，她那個小男友看我們這麼親密還試圖挽回她，但被低谷小姐拒絕

不管好的坏的，时光都会一直流逝。
流入岁月里，成了平淡一生最好的回忆。

了，她說，剛剛從食堂出來，我看你還牽著那學姐呢，你幼稚歸幼稚，別耽誤了人家。以前都覺得愛情是鬥智鬥勇，非要什麼都看得透徹，把所有的事都掌控才能夠維繫你和我。現在才懂，在愛情裡面，傻一點，才能更快樂。因為你曾經是我想要過一輩子的人，沒必要爭個高下。但現在好了，我們沒有在一起，以後也不會了。

這之後我更加膜拜低谷小姐，大學四年一直守候在她身邊，看她從情傷裡走出來，狠心剪掉長髮，把自然黃染成了黑色，髮尾燙起小卷。還去成都一家很有名的照相館拍了一套寫真，說是斥巨資給這段回憶留個紀念。

或是落俗地說，從頭開始。

畢業後的低谷小姐留在成都，我去了北京，臨走前，我還認真地給她發了條訊息：別想我，既然不能相濡以沫，不如相忘於江湖，走你！

低谷小姐在家宅了很久，她爸真的跟那個後媽離婚了，父女倆又鬧了一陣不愉快，後來那個口口聲聲說要斷絕父女關係的老爸發來一段誠懇的訊息，說這輩子只有她了，讓她別再生他氣，別再把他拉黑名單了。兩個人和解，低谷小姐跟她爸回了老家，還經她爸介紹去某房地產當了銷售。

因為這個工作，遇上了她現在的老公。

她老公是一個可愛的胖子，深圳人，當她把他們的結婚照發我時，我一度懷疑低谷小姐還沒從那個小白臉的情傷裡走出來，有點放任自流，因為我覺得以她的資質怎麼著也得找個顏值是資本主義國家的。後來她毅然去了深圳，當全職太太，在朋友圈裡頻繁秀恩愛，抱著那個胖子卿卿我我的。我想，原來這就叫真愛。

再一次見到低谷小姐是我去年出新書到深圳簽售，她牽著老公出現在

人群裡，我嚷嚷著你幹嘛要排隊，她給我個尷尬的表情，問我能不能擁抱一下，我大方抱上去，感覺她身子在抖，她好像瘦了，連那標誌性的大臉盤子也小了一大圈。

本以為是錯覺，簽售結束後，她單獨約我吃日本料理，幾杯洋酒下肚，她問我是不是覺得她變老了，我打趣回她，好像是，渾身媽媽味，準備什麼時候要小孩啊。她沉吟半晌，然後繼續用她那張無所謂的臉，充盈一抹笑，回答我，我生不了小孩。

她得了一種叫重症肌無力的病，當銷售的時候，抬手臂就已經很辛苦了，後來伴著胸悶、無力，連吞咽都有點困難，這個病嚴重到說是後半輩子可能就要躺在床上了，但好在低谷小姐靠藥物撐著病情沒有惡化，但很多西醫還是反覆叮囑，作好心理準備不能有小孩。

不爭氣的我當時在日本料理店眼睛就紅了，覺得她實在太不容易。她細嚼慢嚥地吃著生魚片，往日那大剌剌的聲音也變得低沉，劉海把她的小眼睛遮住。我問她，胖子他們家人什麼態度。她兀自搖頭，嘆了口氣，又補充說道，但我老公對我很好，我們剛同居那會兒，有一次他去北京出差，我當時感冒一個人在家，後半夜突然喘氣困難，全身抽搐冒冷汗，我那個時候第一反應是可能要死了，只能掙扎著給老公打電話，他聽我已經沒辦法完整講話就知道出事了，他打了120，後來再睜眼就看見他坐在我床邊。他說他可以不要小孩，但不能沒有我。這件事之後，他就跟我求婚了。

聽完這個故事我心裡給那個胖子按了三十二個讚，心想或許這也是低谷小姐的福氣，她在谷底徘徊了這麼久，終於有一朵雲為她遮擋烈日，有一陣清風為她吹散迷霧，她這一生顛沛流離，不至於落得孤獨，有她這無

畏態度，人生也澎湃無轍。

可惜非常諷刺的是，就在去年全世界都在過聖誕的時候，她一個電話打來，哭得抽搐，話都講不清楚，但意思我聽清楚了，她說，胖子出軌了。

具體情節恕我不再贅述，但凡出軌，不外乎只有一個原因，就是不愛了。不愛，是兩個人分開最無理的理由，還逼著另一方，只能接受。

那天低谷小姐本來要跟胖子一起去大理的，機票都買好了，後來她自己一個人去了。看她在朋友圈拍的客棧的貓，洱海的落日，清湯寡味的配文，還分享了一首歌，是個叫不出名字的新人，他把木心的那首〈從前慢〉譜了曲。清澈的聲音唱著，從前的日色變得慢，車、馬、郵件都慢，一生只夠愛一個人。我間或問她在幹什麼，生怕她做什麼傻事。她直接拆穿了我的心思，放心，如果能夠活著，我一定會好好活著的。

結果還是低估了她自我療癒的本事，我不問她不說，那我寧願讓她不再撕傷疤了，無能為力的事，就順其自然吧。

那一刻，我似乎也變得無比豁達，感同身受，我也經歷過失戀，也被大小挫折玩弄過，曾經以為，上帝為你關上一扇門，同時也會倒下所有的牆，一夜之間發現什麼人都不可依，什麼也不再篤信。但後來獨自蹚過這渾水，才知道人只有在低谷的時候，才是清醒的，因為擁有了再失去，拚命過又被打擊，要比什麼都沒有更讓人難過。

前兩天看她朋友圈好像又去了西安，問她現在是個什麼計畫，微信裡她聲音很抖，說自己五點就起床跑馬拉松。離婚後，胖子給了她一筆分手費，她太久沒工作，先四處玩玩，最後只要不在深圳，不回成都，找個沒人認識的地方，重新開始生活。

　　我打趣說，老朋友，北京歡迎你。她說，得了，全世界都可以考慮，就皇城根不能去，大學那麼多人裡，就你還記掛著我。

　　也是那天，我問她能不能把她的故事寫到書裡。

　　她欣然同意，還給我一連發了好多當初的日誌，說是提供素材。末了，提到徐熙娣說過的話──現在所有的細節我都記得，但是對我來說，竟然都變成了好的故事。她叮囑我，其實不希望我把胖子寫得太差，畢竟當時他明知道不可能有孩子也堅持跟她結婚，這兩年對她也是真的好。感情這種事始終是兩個人的問題，她現在也沒有恨他。

　　我應許略去這段，但真心也希望胖子能看見，不管這個女人有多麼好，或是在你們相處中有哪些我不知道的壞，她都不屬於你了，謝謝你把我當初認識的低谷小姐，完好地還給我。

按照慣例問到給她起個什麼小姐名時，我問「低谷小姐」行不行，她嗆聲說姐我不低谷，一直在高潮。我說劇情需要，她妥協道，好吧，那順便再幫我徵個婚。

　　寫這篇故事，不是為了揭朋友的疤，而是想用一個外人看來不可能同時發生在一個人身上的故事，告訴所有在經歷低谷的人，正戴著的鐐銬與必經的挫敗，是你一輩子用什麼都換不到的人生體驗，也許你後來的頓悟都歸咎於那時的一個決定。低谷不可怕，可怕的是自己急著承認失敗。

　　是誰曾許下壯志豪言，卻被一兩個難處嚇得躲在被窩久臥不起，心想若是酩酊大醉一場，便是心痛最好的解脫，要知道，不管好的壞的，時光都會一直流逝，流入歲月裡，成了平淡一生最好的安慰。

　　嗯，低谷小姐，優質青年，非誠勿擾。

the
BRAVEST
of
you

實景生活⋯⋯
⋯⋯⋯⋯⋯⋯

no.2

如果不知道
能成為怎樣的自己，
那現在就先做
你能做好的事。

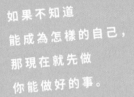

我們都把焦躁的情緒放一放，
往幸福的方向去吧。

05

親愛的
樹先生

親愛的樹先生：

平時提及你的時候不多，我知道你一直期待我有一些文字是專門留給你的，但不知該用怎樣的筆墨送你，後來想想，不如以信代替吧。

朋友看我們出去玩的照片，說你有福相，還說我特別像你，眉毛濃得像蠟筆小新，笑起來有孩子模樣，我其實挺不樂意，誰叫你現在身材走了樣。他們肯定想像不到，年輕時的你也曾叱吒風雲，帥翻一整條街。做為一個時尚弄潮兒，你頭髮燙成鋼絲卷，橙色眼鏡吊著銀鏈子，最愛穿花襯衫，還要解開一半扣子，下身要麼是超短牛仔褲，坦誠地露出兩條小細腿，要麼是雪白喇叭褲，永遠擺著一副像是要跳迪斯科的架式。必須承認，沒人比你更好看。

因為應酬灌下的一杯杯酒，讓你中年發福，每天挺著像是懷胎十月的大肚子，衣服褲子永遠XXL，中年人的烏托邦原來非常豐滿。我從小都特別怕你喝酒，別人喝醉要麼發酒瘋，要麼睡大覺，而你醉酒會集合鐵齒銅牙紀曉嵐和快嘴李翠蓮於一身，點根菸然後拉上我嘮超過兩個小時的嗑，講你小時候務農有多麼辛苦，每年春節才能咬上一口肉，以及跟我媽熱戀時寫了多少封情書。最慘絕人寰的是，每每講到動情處你一定會哭，還是嚎啕大哭那種。你能體會嗎？我一個被油墨試卷壓得快背過氣兒的義務教育少年，回家還得裝出一副很享受的樣子聽你講故事，然後還要把你攬在懷裡，安慰道，乖，我懂，別哭了。

我的童年真的特別帶感，但也萬分慶幸，酒精暫時把那個生活裡嘻嘻哈哈的你藏了起來，把你軟弱又可愛的那一面毫不避諱地暴露給我。

印象裡你打過我兩次，一次是小時候去游泳，我非要穿新買的球鞋不

肯換拖鞋，那時你年輕氣盛，見不得我做作，直接操起晾衣竿就在我屁股上留了紅印。另一次是你給我講應用題，我一度覺得數學這門課特別反人類，算那些關我屁事的鈕扣個數和做襯衫的實際天數甚是荒唐，講了好幾遍我都聽不懂，你氣得狠狠拍了我的背。

當時大家都年輕，你別記在心上，我也沒怪你的意思。但不好意思我記在心上了，反正後來你每次說你從沒打過我，我都會搬出以上證據來成為永恆的談資。

要的就是辣麼任性。

你並非傳統意義上的那種好男人，相反，甚至有點懶。好在你娶了我

媽這個神勇鐵金剛，包攬洗衣拖地做菜人體鬧鐘一切職能。但我媽不在家時，我們一定默契地衣服褲子亂丟，床上四件套每天起床什麼樣睡覺什麼樣，等我寫完作業再一起刷植物大戰殭屍。你會做的飯是煮泡麵、下速凍水餃以及微波爐熱一切，但說實話，我媽不在的日子，我吃啥都是香的。

對了，你很愛看抗戰諜戰劇，常常沒事坐在電腦前就是一天，滿腔愛國熱情。我一直覺得諜戰四大天王分別是柳雲龍、于震、張嘉譯和你，如若把你放到那個年代，我今天一定能在歷史書上與你相逢。

不小心說了這麼多讓你直搖頭的囧事，那來說說你驚為天人的優點吧。在我小學時，你是廠長的秘書，每天的工作就是寫發言稿，給廠報寫專欄，經常一個小時不到就洋洋灑灑寫下幾千字的長篇大論。後來我見識過作家界多少小快手，但都沒能撼動你這臺打字機在我心中的地位，可能

我寫作的天分也來自你的優良基因。有件事沒告訴你，我覺得你的字體特別酷，那會兒常把你寫的手稿偷來，模仿你的字體練字，尤其是咱家的「張」姓，一定會寫得無比飄逸，下筆如有神助，彷彿代表了整個世界的張家人。

你是靜若處子動若瘋兔的典型。除了寫作，還愛一切與車有關的東西。剛從老家來成都那會兒太窮，就買了一輛特大號的自行車載我兜風。後來玩朋友的摩托車，每晚載著我媽，把我夾在中間順著寬廣的大道狂飆。終於有了自己的第一輛四軲轆車後，我們直接殺去了瀘沽湖，那些盤山公路你開得極穩，舉手投足間似乎有點速度與激情的味道。我問你是怎麼學會開車的，你說年輕時有個兄弟家裡是運貨的，常開他家的卡車玩，有次還直接開到了重慶。我笑說真厲害，你接話，而且那時沒有考駕照，就靠著一顆膽子。聽完我乖乖繫上了安全帶。

你是一個特別大方的金牛座，對家裡不省，對外人也不省，而且還一根筋，沒什麼能煩得住你，最後就落得個老好人的形象。家裡親戚有什麼需要借錢的事都會拜託你，哪怕在公司的晉升上被小人搶了機會，也不爽個幾天就雲淡風輕了，安慰自己終於不用應酬喝酒了。我一直挺佩服你這點的，有一個特別溫柔的世界，而且永遠不會被外界打擾，容易滿足自然活得快樂。

現在我能這麼安逸地在北京生活，也多虧有你。當時我決定到北京，你是最支持我的，為我打點一切，把我送到北京後就任我自然生長，不像我媽一天沒跟我打電話就好像會得病似的。我們經常半個多月都聊不上幾句，但你反而特別瞭解我，默默關注我的一切，像是植物大戰殭屍裡的堅

果牆幫我抵抗一切親戚的碎嘴和我媽過分的擔心。你會在家庭會議上主動教育我媽，說不要整天像個八卦記者一樣問東問西，也不要像一顆定時炸彈一樣，逼著讓兒子趕時間計畫何時結婚何時買房，現在就是該拚該闖的年紀，會有的到了那個時候自然都會有。你也會在我們第一次旅行時敲敲我媽的腦袋說，兒子既然帶你出來了就學會享受，不要吃啊玩的都擔心花兒子的錢，他有這個能力就讓他表現，潑冷水沒意思。

　　你給我說老實話，是不是在我心裡腦裡裝了個竊聽器，否則怎麼完全知道我所思所想，毫不費力就用你的智慧給我的生活添置了很多驚喜？

　　現在說起來，經常會感嘆像我這樣的「90後」都已經二十五歲了，但

有的习惯比命，都说父亲如山，
但我知道偏执如你，根本不想如山，
山太遥远在又太重，你就想如树，
温柔地待在我身边就好。

the
BRAVEST
of
you

常忘記你竟然也年過半百，總覺得你還是當年的那個人。不過每次回家看你在機場人群裡朝我招手，也覺得你一點沒老，就算多了皺紋，對我笑的樣子依然特別好看。我的行李很重，家裡也沒電梯，你總是任性扳開我的手，偏執地一個人把行李拎回家，然後強忍著不喘氣。你啊，就像那些好萊塢電影裡的英雄，經歷了地震火災龍捲風星球大戰永遠不掛，但特別怕輸。

怕輸給時間對吧。

我在北京一個人生活了三年，三觀完全重建，見你們生活除了上班就是麻將，就想用吸引力法則和自己的生活態度改變你跟我媽，但幾次下來都是無用功。後來是你告訴我，很多時候不是你們不想改變，而是你們走得比較慢，而我已經看見了更大的世界，有更遙遠的夢想，你們必須花時間追我。在這個追趕的過程中你們其實很快樂，不是因為今天看了一場電影或者去哪裡旅行，而是因為看到我過得好，你們就很開心。

我不輕易哭，你也不太適合煽情。但寫到這裡還是忍不住鼻酸，可能今天北京空氣比較糟吧。

說了好多特別官方的點滴，結尾就單獨對你說幾句心裡話吧。

你喜歡抽菸，指節間被熏得發黃，還記得我小時候常抬起你的手聞半天，然後皺著眉說，你別抽了，就連現在看到照片上那些吸菸者的肺，都會不自覺發給你。經常聽你在廁所裡咳得好辛苦，可你就是無動於衷，某次進了醫院後試圖戒過菸，但你這性子堅持不了多久就又抽上了。你曾對我說過，人啊，活到哪一天是哪一天，別強求，放心，到那一天我也不會拖累你。

可是笨蛋，能不拖累嗎？你如果到最後那一天是不舒服地睡著的，那

會拖累 我一輩子，不累人，累心。

還有啊，每次好不容易跟你聊上天，你總嘻皮笑臉地說，嘿嘿，其實你剛跟你媽說的話，我都在旁邊聽著呢。我就想說這位英雄大人，今後請直接跟我聊天好嗎？年紀都這麼大還學別人竊聽風雲，累不累呀。還有，不要總把三姑六婆的事自己一個人擔著。別人借你的錢還了嗎？老是像散財童子一樣幫別人，最後自己得了幾分甜頭啊。雖然我知道你不在乎，但其實你心裡偶爾也會累吧，別逞強了，累了的話我肩膀給你靠。

最後，自從你不應酬，以及我來了北京以後，好久沒聽喝醉的你給我講故事了，沒人躺我懷裡哭，甚是想念。

好了，我已經把所有想對你說的寫到書裡了，接下來應該會有無數人看見這封信，希望他們都能喜歡你，並且看完也想回去抱抱自己的樹先生。

哦，忘了說，為什麼要叫你樹先生。

有個習慣的比喻，都說父愛如山，但我知道偏執如你，根本不想做山，山太遠責任又太重，你就想做樹，溫柔地待在我身邊就好。

行了，批准。

還有，一千個一萬個想你，和過去的我們。

比你還帥的弄潮兒
今後一定不會喝成大肚子的小張
想回到小時候的大兒童張皓宸
和你的沒頭腦一根筋但每天樂呵的小太陽兒子
一同敬上

06

怕失去小姐
的故事

我們終其一生，都在失去和得到中找尋平衡，如果年輕時，因為抱著對這個世界太多未知，而私心偏執於得到，那年老後，時間變得奢侈，沒有太多的機會再擁有，所以往往在乎的，是不要失去。

　　怕失去小姐今年剛好五十歲。按她的話說，眼角的皺紋或是更年期的暴脾氣都沒讓她覺得自己人生過了大半，當有一天得把近視眼鏡摘下才看得清手機上的字時，才突然覺得自己老了。

　　怕失去小姐是個非典型射手座，特別不愛自由，人生似乎習慣按部就班，明明是女主角的命，結果老是把自己定位於一個跑龍套的，日子過得樸素又小心翼翼。問她為什麼，她說這樣挺好，但是要知道，年輕時的她，是那種燙著爆炸頭身挎小香包，穿著高領衫連體褲的女人，還很像我小時候一度迷戀的TVB演員蒙嘉慧，因為她們嘴唇上都有一顆美人痣。

　　只是後來，蒙嘉慧成了古惑仔的夫人，怕失去小姐成了兔崽子的媽。

　　中國的家長都喜歡打擊式教育，怕失去小姐也不例外，慣用「你看看你，再看看人家」、「就你這樣今後肯定喝西北風」、「都是為你好」這種強盜邏輯跟學生時代的我打交道。為此我沒少跟她鬧彆扭，印象中她沒動手打過我，僅靠那一張嘮叨的嘴和叨到高潮就在我面前掉淚的技能，就練就出我一身「真的好怕她」的本事。

　　怕她知道我看電視，於是拿風扇對著電視後蓋吹，但她總能靠手掌測溫度；怕她知道我期末成績，於是偽造假的通知單，但她總能神奇地發現我藏在櫃子書堆縫裡的那份正版；怕她知道我早戀，於是每次出門都說跟兄弟去玩，但她總能恰到好處地在路上看見我偷牽妹子的手。

　　這場鬥智鬥勇的戰役直到怕失去小姐跟我一起玩網遊才停息，從掃雷

入門，然後是《跑跑卡丁車》，最後到《夢幻西遊》、《魔獸世界》。最熱血那段時間，我還把遊戲改成小說，寫在作業本上，怕失去小姐是我唯一的讀者。我們這母子檔綁定著闖江湖一綁就是好幾年，不過想想每個伴著蟬鳴的暑假和手腳冰涼的寒假，陪自己在虛擬世界裡飛揚跋扈的竟然是她，回憶也多了一份別樣的趣味。

直到去市裡上大學，我才第一次離開她身邊。還記得那天她在學校幫我鋪好床，一直捨不得走，抓著我嘮叨沒完。被室友盯著抹不開面子，我有點不耐煩想趕她走，她最後留下一句話，讓我一定要聽她的，我以為她會說句讓我紅個眼的告別詞，結果她說，買東西的時候，要學著露出一副不滿意的臉。

她省吃儉用慣了，生怕我第一次獨立生活不懂得計畫消費，當然她太小看我了，沒出半個月我就屁顛屁顛滾回家討錢了。怕失去小姐皺著眉頭問我，給你這麼多生活費呢，都花在哪了，我一一列舉事無巨細。她搖了搖頭，嘆口氣說道，今後看來你買東西的時候，必須誠懇地露出一副買不起的臉。

大三下學期，身邊好多朋友都出國讀研，大抵是因為虛榮心作祟，我也跟怕失去小姐提了出國的想法，沒想到她算計了幾天竟然答應了。當時家裡的條件並不寬裕，我們最後決定去研究生一年速成的英國。等我考完雅思的時候，怕失去小姐說她好像才反應過來我要離開她這件事。恕我不孝，其實那會兒我心裡挺雀躍的，但我後來並沒去英國，不過最後的場景，也是我拎著行李箱在機場跟怕失去小姐道別，目的地是北京。

因為臨時有個出書的機會，於是在繼續當學生和成為「作家」的選項

裡，我毫不猶豫選擇了後者，甚至還洋洋灑灑寫了三千多字的長信跟怕失去小姐解釋，讓她也支持我的決定。

她明白我的偏執，所以知道再多的勸解也無用，讓我走，就是最好的灑脫。

我在北京這三年一路奔波，每一刻都閒不下來，我們保持兩天一通的電話，有時聊得深了，她會沒理由感性一下，說我不在身邊，真的有點不習慣。聽她聲音漸漸有了哭腔，我就趕緊找一個新的話題挑撥情緒。有時候，她的想念會變成甜蜜的負擔，怕自己在這座充滿機會與戾氣的城市稍微一個惻隱之心，就堅持不下去，哭著回頭。但還好，我都挺過來了。

第一年國慶假期回成都的時候，怕失去小姐帶我去吃火鍋，她煞有介事地把手機遞給我，說她拍了張自拍，結果我差點把手機掉到牛油鍋裡。那張自拍上的怕失去小姐把頭髮梳在一邊擋住半張臉，然後穿著胸口極低的碎花裙，非常嫵媚地朝鏡頭一嘟嘴。我問她，有事嗎。她害羞，你們年輕人不都這麼自拍！我反唇相譏，東莞的年輕人嗎？

　　從此以後，她隔三差五就會發各種自拍給我，後來進化到直接對著鏡子拍她新買的衣服裙子，問我一大堆意見，說是如果不好看淘寶可以七天無理由退貨。這點我還挺欣慰的，至少我這位怕失去小姐不用教，就自然掌握淘寶這一必備生存技能。

　　怕失去小姐有一個二十多年的閨蜜，從職高到工作單位形影不離。但有一天她給我打電話，聊到閨蜜突然就哭了，說是因為自己升了小組長，薪水高了些，那位閨蜜就當著主管的面埋汰她，後來也不理她了。我聽完唏噓不已，原來假朋友這種生物存在於各個年齡段。任憑我如何勸，她都

哭不停，抽泣著說，就覺得挺為自己不值的，感覺花了一輩子時間才看透一個人。

也是那一刻，我好像突然有點理解她了。一生甘於做一個幸福的路人甲，為一點小事開心，為一點小事皺眉，其實也是一種求之不得的安全感。所謂怕失去，是不想再花時間給新的人、事從頭交代自己的人生，也因為覺得自己擁有的已經足夠好了。

這件事之後，怕失去小姐更依賴於跟我聊天，不過我很慶幸我們沒有因為生活圈子的不同而陷入話題瓶頸。有時她一個電話打過來，還會跟我聊起最新上映的電影。我家在成都的郊區，去最近的電影院需要來回坐一個多小時的地鐵，她說她週末無聊了就一個人搭地鐵去看場電影，用團購券很划算。我說她過得還挺小資，按她以往能省則省的性子，多半都是在電視盒子上看看作罷，或者乾脆就跟三姑六婆在麻將桌上血戰到底。

她特別得瑟，說她其實已經適應我不在她跟前的生活了。

算她厲害。

今年回成都簽售的時候，怕失去小姐待在角落全程看我做採訪簽書，忙碌一天後，我們開車回家，車上她突然說，你要是哪天覺得累了就停下來吧。在我眼裡，你已經很成功了，即使你現在只是個上班族，也是成功的。很多年前就是了。

那天我沒告訴她，我偷偷紅了眼眶。

怕失去小姐的微博上我是特別關注，手機桌面是我的照片，天氣APP上只有北京的天氣，跟我沒關係的事，她做不到。五十歲以前的她還有自己的生活，五十歲以後的她好像只有我，但她並沒有告訴我。

就像《三國殺》很流行時，我們一人霸占一臺電腦玩得不亦樂乎，但我走後她的級數卻一直停在那裡。其實她早就不喜歡玩遊戲了，或者直接一點說，她玩遊戲、看電影、給我發自拍發雞湯，不過是因為想笨拙地去接近我現在的生活，不讓我們變得尷尬又生分，好讓我不要在專注於得到的年紀，忘了她這個已經只在乎失去的老太婆。

起筆這篇文章的時候，怕失去小姐給我發來了一段短視頻，是一個外國阿婆準備吹生日蠟燭，結果把假牙吹出來了，自己不好意思地捂嘴大笑。怕失去小姐說，今後如果我吐了假牙，你可不能笑我。

想想本以為時間是最保險的財富，但其實是有心機的怪物，根本容不得我們做多少事，就感覺人生似乎快看到頭了。我知道，要到分開那一天大家都挺難的，我們都在老，只是她老得比較快，所以有時她才會把自己不能做完的事，凝練成無數句嘮叨。而那些沒有歸屬的字句，我可能左耳進右耳出都忘了，但她卻每時每刻都在為我做，從不只是說說而已。

我們越來越急躁，願意為家人付出時間和耐心卻越來越少，辛苦那麼久，一心想拯救世界，卻忘了回家幫他們洗個碗。

有一個問題困擾我很久，為什麼每次我淹沒在人海裡，怕失去小姐總能第一眼分辨出我，無論是大家穿著一樣的校服從小學校門蜂擁而出，還是大學時一兩百人的畢業合影，甚至工作後她來機場接我，她都能知道我從哪個門出來。

我百思不得其解。

後來我問過她，我永遠也忘不了她當時的反應，只見她楞了一下，說，感覺，感覺我兒子就在這裡。

我们越来越急躁，
愿意为家人付出时间和耐心却越来越少。
辛苦那么久，一心想拯救世界，
却忘了回家帮他们洗个碗。

我的女神

no.3

她不是你生活的全部
但你是她的唯一
記得要
為媽媽做的 **9** 件事

其实,照顾好自己,
好好爱自己,让妈妈放心,
是望为她做的最好的事…

记得常打电话给妈妈,
有时候她可能没那么多
话要说,
但是想听听你的声音

07

我們現在
都在做
對的事情

開始敲這段文字的時候是洛杉磯的夜裡十二點，到美國的這段時間都住在民宿網站訂的house裡，我的房間整面牆的書架都擺滿了書，特別適合靜下來開盞暖燈亂矯情，或者自拍裝個B。想想半個月前，美國這個夢想旅行地還多麼遙不可及，而現在竟然已經踏過，要準備告別了。轉念又想，十幾年前，在勾股定理背誦全文鬥爭中的自己，會想到如今靠寫東西來建立信心與人生嗎？

時間真的是個奇妙的鬼東西。

在洛杉磯出行，我們常用當地叫車軟體叫車，司機都是二十來歲的年輕帥哥，幾乎每一個司機身上都有故事。印象最深的一個是電力娛樂公司的經紀人，旗下帶著三個DJ，空閒時候出來開車賺外快，他很謙虛地說自己的DJ都不出名，但這樣也好，可以一直有個念想等他們大紅大紫。第二個司機更有意思，車上放著一本《The Power of the Actor》，留著長鬈髮，身材精瘦。平時的工作是給一些雜誌做模特兒，也是這段時間突然不樂意當個得體的衣架子，想轉戰大銀幕，成為別人的仰望。當時我們正要去好萊塢山，依稀能看見遠處山頂上的牌子，同行的朋友指著前方說，希望我們能在好萊塢見到你啊。那個鬈髮司機一直笑，笑得好像知道自己明天睡醒就能成大明星一樣。還有個司機是專業踩滑板的，他跟著爸媽從莫斯科來，本來打算跟家人一起張羅餐館，但控制不住玩心，跟幾個朋友買了滑板每天遊蕩在偌大的洛杉磯街頭。他說他開車賺了錢就去買更好的滑板，我們問，玩滑板怎麼生存啊？不能一輩子都踩在楓木上寥寥度過餘生吧。他說，這就是他的人生啊，老天不會虧待一個如此熱愛生活的人。我們笑說，如果今後滑板也有了錦標賽，他一定要去參加。

諸如此類的人還有很多，洛杉磯很大，大到像一個魔術方塊，隨便扭扭，就能碰撞出各色人等，感覺每個人身上都刻滿了自由，夢想已然成了支撐他們的橋。如果你問我他們有沒有焦躁或者迷茫，我也答不上來，我只知道每到一個星巴克，店員笑得都像吃了蜜糖，收完銀不忘友好地跟你說聲「Have a nice day」。問賭場的清潔工有那麼一座跟皇宮一樣的賭場要打掃，會覺得苦嗎，她說不苦，最多就是累，累只是身體上的，但苦就是心上的。

我有一個朋友叫冷姐，大學學土木工程的，但這姐們兒對咖啡文化情有獨鍾，終極夢想就是開家咖啡店，大一我們男生還在為買一件傑克瓊斯襯衫發愁的時候她就已經靠給美食雜誌寫專欄的錢養小男友了。畢業後成了一家投資公司的小白領，本以為會一輩子如常安穩，結果在一次酒局上跟他們公司的老闆看對眼，風風火火地拿著老闆給她的錢開了家咖啡店，自己親自現磨，圓了當初的夢。結果不盡人意，夢是做齊全了，咖啡店生意冷淡硬撐了一年，錢投出去都成為雲煙。冷姐落魄地扛著幾箱未拆封的咖啡豆從大城市回了老家。後來跟她老闆分了手，過了一段消停日子。

兩年後再跟她聯絡上，是她給我送來喜帖，跟老家一個電器經銷商結婚了，從此冷姐就只給她老公一個人做咖啡。她老公人老實，大方且帥，難免身邊桃花多，每天都上演現實版《甄嬛傳》，但他就是喜歡冷姐，《冰河世紀》裡松鼠對堅果的那種喜歡。前不久，她還告訴我懷了猴年寶寶。

我問冷姐，你曾經有想過今後會過這樣的生活嗎？

她說，沒想過，也從不想，隨緣兩個字很重要，以前跟小男友在一起，有能力就對他好點；跟老闆好了，就讓他對我好點。開咖啡店沒想過要

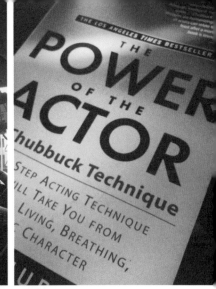

人最忘乎而就是年輕時想征服個世界，
最迷茫的時候卻想要看透生活。

賺大錢，能做自己喜歡的就好，認識現在的老公，也沒指望能一輩子，作好了好聚好散的準備，後來選擇結婚，也就是因為比喜歡更多，稱得上愛，幸運的是，他對我也很好。做每一件事都想之後會怎樣，會很累的，人最忌諱的就是年輕的時候覬覦整個世界，最迷茫的時候卻想要看透生活。

　　時間退回到三年前，我面對畢業的重壓，也有過一陣局促不安。恰巧因為有朋友答應給我出書，於是我腦子一熱貿貿然來了北京，那個時候我問自己，對出書就那麼會肯定嗎，我也不知道，但為什麼還要選擇北漂呢，那我只能說有夢為馬，隨處可棲。論對夢想的見地，誰都能丟出無數句心靈雞湯。

　　我剛到北京那會兒，跟朋友擠在東交民巷的破爛民房裡，沒想過今後可以自己負擔幾千塊一個月的房租，我那時在Word裡敲下的每一個字，收到被退過的稿件，抑或是拿著千字四十塊卑微的稿費，也沒想過後來那些被退回的故事都有了歸屬，敲下的字因為有一個人喜歡就價值連城。

人生真的沒有捷徑，也沒有什麼彎路，你走的每條路，都是通向失去與獲得成正比的地方，我不知道下一秒會成為怎樣的我，只知道這一秒我還能因為什麼而活著。

經常會收到這樣的私信，問我：現在學的是某某專業，但害怕找不到好工作；現在愛著的人，不知道到底是不是能陪自己走完一生的人，或者是現在堅持的事情，不知道今後會不會有回報……想起曾經的自己，也總因為這些自我問詢疑慮過，後來發現，想得再多，疑惑就更難以解決，反而平添煩惱，浪費了很多時間。

我們的確要接受自己的平凡，十個人裡面，可能九個都會成為那種普通到街頭大嬸都能掐指算出你十年後二十年後在做什麼的人，拿著不高的薪水，每天過重複的生活，到了既定年齡，結婚生子，倉促走完一生。但我們又很偉大，偉大是因為即便概率渺茫，也從未放棄成為那餘下一個人的念頭。

沒人知道你現在做的每一件事，未來會成為怎樣的故事，但唯一能肯定的，是現在的每一次探尋，每一次推開那些向你指點的手，每一次對跟風的不妥協，每一次帶著眼淚往前的奔跑，都一定會讓人生有一點點不同。

本來以為要三十歲才能踏上美國，本來以為冷姐會開一輩子咖啡店，本來以為人生就是要有目標有計畫才能走上對的路，其實條條大路通羅馬，其實人都是會變的，其實所謂夢，只要想，真的就很容易實現。

我沒道理，也不煮雞湯，只是說一些心情，大家各取所需，聽自己想要的那部分就好。

好感謝當初的自己，堅持了對的事情。

我們現在都在做對的事情。

08

不如開始一段
放棄你的生活

晚上小姐失戀了。

之所以會這麼叫她，是因為她跟男友分手後特別怕光，白天窗簾一拉開就喊刺眼，每天窩在床上消磨時間，也只有到了晚上，才稍微有點正常人作息。失戀這種事，無論說得多難受旁觀者也不懂，只有經歷過的人才能真的懂。

晚上小姐初戀初吻初夜都給了同一個人，男友是大學同學，一談就是五年，其間雙方家長見過，孩子也懷過，我們都覺得這對鐵打的情侶檔散不了，結果最後還是以男友提分手告終。分手理由很瑪麗蘇，說是自己事業暗淡，晚上小姐給的壓力又太大，所以想換個關係相處。

失戀第一週，晚上小姐怕光不說，還會伴隨間歇性心悸，沒有食欲，雙人床空出一邊翻來覆去整夜失眠，時間一分一秒都是折磨。最可怕的是淚點特別低，聽到情歌，看到電影裡的情侶，甚至是廣告燈箱上一些濃情蜜意的香水廣告，都控制不住。那一週，我們都不敢提她男友的名字，一提她就揉搓頭髮，捂著心口喊痛。前段時間微博流行《情深深雨濛濛》可雲的搞笑GIF，說她是演技擔當，當時我們看晚上小姐，跟可雲是一模一樣的。

更誇張的是，她還找過民間庸醫扎針灸，說是從生理上治療失戀，調節她的新陳代謝抑制情緒，結果痛得死去活來無以復加。帶著身體和心理雙重創傷晚上小姐請了一週的假，成天琢磨微博發什麼，QQ簽名改成什麼，抱希望於能想出幾句警世名言，讓她男友讀懂自己其實一點都不在乎，但越是逞強就越沒自信。如若說喜歡一個人會卑微到塵埃裡，那失去那個喜歡的人連塵埃都不如。她盯著自己打出的矯情句子，又快速刪去，最後連累到把自己罵得體無完膚，連吸口新鮮空氣都像是犯罪。

第二週，晚上小姐開始恢復社交，強迫自己準點上班，對同事強顏歡笑，但懼光症越來越嚴重，幾乎要戴著墨鏡在電腦前工作。她是廣告公司的設計師，那幾天應付一個家庭按摩APP的客戶，結果要麼把按摩師PS得像喪屍出籠，要麼設計的海報以為是用Windows自帶畫畫工具搞定的。他們公司的老闆還算近人情，不但沒多責怪，反而送了她一盒保養品，晚上小姐面無表情地拆開，幾個大字寫著：海王金樽。

於是她那幾晚都是借酒澆愁靠酒精入眠，迷濛中想起大一剛跟她男友熱戀那會兒，她用兩個禮拜時間學那些腦殘粉絲做了一本相簿，上面貼滿了他們的自拍和紙星星千紙鶴。她男友二十歲生日，還專程去豆瓣開了個活動，讓全世界各地的網友給他手寫生日祝福，那是她過得最中二也是最快樂的時光。但到現在只要一想到這個人不再屬於自己，就難過得要死，在回憶的安慰與現實的無奈中無限循環。

不是都說了，人最軟弱的，就是捨不得。

第三週，晚上小姐經常在夜裡打電話騷擾我們，一本正經地胡說八道，說她已經放下了。微博朋友圈破天荒開始曬自拍曬美食曬風景，每天妝容精緻，工作積極走路帶風，見到陌生人都要傻笑個十分鐘，好像不曾失戀過。在她男友突然在微博上發出與另一個女生的合影後，晚上小姐的心理防禦機制又崩潰了。

晚上小姐說，當時他說要走，覺得只是分手，他跟別人在一起之後，才感覺失戀了。她不顧那個新歡的面子，直接上男友家大吵了一架，她揪著男友的襯衫大吼，這是為什麼啊。晚上小姐一直都不明白，在一起這麼久的人為什麼還會輕易分開，一個人已經成為自己身體的一部分，要這麼

我们因爱而圆满．想开．看开．放开．
错过也再无遗憾．相见也心生坦然．

平白無故割捨，換誰都不會死心。男友被嚇得不輕，徒手把晚上小姐給拎起來嚷嚷，我告訴你為什麼，就是不愛了，我不愛你了，什麼都可以當藉口，那麼，你想聽哪一個藉口？

落敗的晚上小姐回到家把男友睡過的枕套、送的Hello Kitty、一起搭的樂高積木、微信聊天記錄等所有跟男友有關的一切全扔了，最後刪掉了男友的手機號碼，待這一切如儀式般的大掃除結束後，她窩在床上聽電臺，放到孫燕姿那首〈我懷念的〉時，她就咬著被角灑狗血一般狂哭。

歌詞裡唱道，我懷念的是爭吵以後還是想要愛你的衝動。

我們每個人，在愛裡其實都是清醒的，清醒在跟誰戀愛，清醒在這段愛裡，我是什麼樣子他是什麼樣子，就連最後分開，自己也清楚答案，可卻總是要裝作糊塗，愚蠢透頂地不斷去問、去問，去得到一個明知道的答案，然後讓自己痛得無以復加。

我們即使是對愛津津樂道的聖人孔子，也是自取其辱的騙子。

第四週開始到後面一個月的時間，晚上小姐頻繁地找虐去男友的微博看他們花式秀恩愛，冒著心肌梗塞的風險，暗地裡跟他們較勁，跟自己過不去。他們秀生日吃的蛋糕，晚上小姐就去甜品製作的培訓班自己DIY，他們秀旅行照片，她就加了攝影技術群，狂砸積蓄買單眼，瘦小的身子背著火箭筒般的長鏡頭拍山水花草，就連男友不過是分享了首小提琴獨奏曲，她就屁顛屁顛去學小提琴了。至此，她養成了一個習慣，男友每分享什麼，她就去學一門技藝，只要感受到失戀的傷痛，她就用匆忙來填滿。

有一次她上完小提琴課回來，好巧不巧碰上了男友和新歡，男友沒有要打招呼的意思，晚上小姐也只用餘光瞟了他們一下，雙方都沉默且冷靜。然而回到家，晚上小姐哭成傻×，她在心裡對自己說，這是最後一次為他哭了。

有人說，大部分的不歡而散都是因為不懂得見好就收，而還有一小部分，是因為對方不再重要。

晚上小姐失戀第三個月，在北京管莊附近租了一套一居室，自己買了大部分家具，宜家的家具安裝說明書上都畫著一男一女配合組裝，但她一個人搞定了所有。新家收拾完畢，她消失了整整兩個月，等我再聯繫上她的時候，是她剛旅行回來，齊肩長髮剪短，從頭到腳黑得非常有誠意。我說敢情你消失這兩個月是把自己整成了管莊吉克雋逸啊，她說，是啊，都整沒錢了，下一步應該是安靜地做個綠茶婊，被人包養了。

她當然在開玩笑，因為沒她這麼黝黑的綠茶。

晚上小姐說，我在泰國學馬殺雞的時候，碰到那些外國男人的鬍荏就會想到男友，在英國的斯科費爾峰爬山累到缺氧，驢友伸手攙扶也恍惚看

成是男友，就連在米蘭跟買手們血拼都會不自覺想起男友送過的東西。後來經歷的每件事，每個與過去的脈絡有所呼應的當下，都會不自覺與回憶產生關聯，所謂時間會治癒一切，都是屁話，只不過是自己選擇性忘記罷了，或許這個人一輩子都忘不了， 但並不影響去過自己的生活。

第六個月，晚上小姐的懼光症已經完全轉好，而她過去這四個月因為失戀而掌握的技能竟然讓她莫名其妙變了一個人。她就像是一把萬用工具刀，萌一點像是哆啦A夢，能跟個技術宅一樣給電話重裝系統給手機越獄，也能中餐西餐粵菜川菜一鍋端，一個人可以組成一支樂隊，上到天文知識下到星座八字說得頭頭是道。最讓人目瞪口呆的，她可以憑心情隨意更換氣質，今天走傻白甜路線，明天就轉型做御姐。用她發在朋友圈裡的話說，我已經不是以前的那個我了，但還好，我再也不是那個我了，接下來，不如開始一段放棄你的生活。

她身邊好多朋友，包括我，在她的感召下，都想積極投入到失戀革命中，涅槃重生一回，只是可惜了我們這些單身狗沒資本，也沒她這個魄力。

失戀整一年後，晚上小姐突然跟一個印度人戀愛了，說是跳傘的時候認識的。我一度很看不懂印度這個國家，但無論那個男人的經濟實力還是基因實力，都打我臉無數次。比我大兩歲的晚上小姐去年初跟印度人在美國登記結婚，去印度辦婚禮的時候，賓客圍著他們撒大米，在漫天米粒中，印度人牽著晚上小姐的手說，未來不僅這身後的小島是你的，我也是你的。成了私人島主的晚上小姐在今年生了一個超可愛的混血寶寶，羨煞旁人指數一百顆星。

今年小S與黃子佼同框上康熙，兩人大大咧咧地哭，毫無避諱地擁抱，

完全一副雲淡風輕的樣子聊過去，好像男方出軌是上個世紀的事。網友都在按讚小S的大度，但其實不是小S足夠豁達，而是她現在有了美滿的家庭，比黃子佼更幸福，才有了原諒的底氣。正如同蔡依林北京演唱會的時候，同行的朋友說她現在唱情歌都好快樂，已經沒有幾年前那種悲傷的情緒了。是啊，有事業有愛情，不管當初網上說她《舞孃》那張專輯裡的幾首情歌是不是唱給周董的，她現在也都有了放下一切的勇氣。

很喜歡一句話，當你從螞蟻變成大象的時候，你會發現當年橫在你面前怎麼也過不去的石頭，不過是腳下的一粒沙。失戀其實是一場競速賽，看誰能在短時間內變化，甚至變態，當自己足夠好，才有面對一切的氣力，也才能淡然地與過去那個傷害自己最深的人握手言和。

放下這件事，只有真正走出來的人才能體會，不僅靠新歡和時間，還靠行動變成更好的人，讓自己過得好，並不屑於去祝福他。

晚上小姐到現在再提起失戀那回事，都覺得當時自己挺傻的，她說如果有個時光倒流的機會，最想回到失戀的第三週，在男友把她拎起來擲地有聲地甩來那句「我不愛你了」之後，她會示意他把自己放下來，然後整理好衣領，點支菸，順一下耳邊的碎髮，對他慢條斯理溫柔和緩地說，真謝謝你，還好放我走了。

戀愛讓自己的世界變小，失戀了就要把原本應有的世界找回來。我們因愛而完滿，想開，看開，放開，提及也再無漣漪，相見也心生坦然。這已然成為我們撕心裂肺後還能記得的，最好的故事。

翻山越岭跋涉，虽然辛苦，
但到达终点，
抬头便看见满天星辰 …

旅行中偶遇一家别致的小店
像拥有一个属于自己的秘密 …

收到远方朋友
寄来的明信片…

整理衣服时,
发现口袋里竟然有钱
....

值得
被放大的
9 件小事

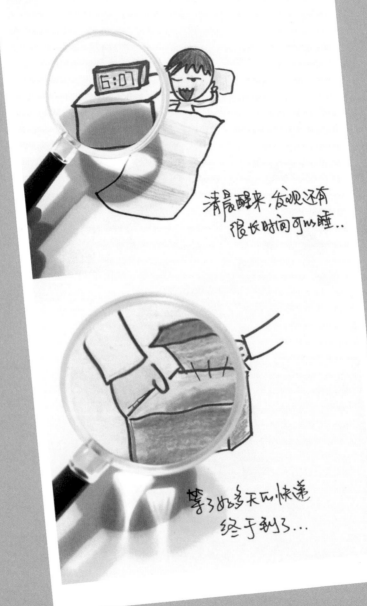

清晨醒来，发现还有
很长时间可以睡..

等了好多天的快递
终于到了...

09

異地
戀人們啊！

聖誕節這天，我們的微信群爆炸了。磊哥在外灘邊上向抵用券小姐求婚，這六年由異國戀到異地戀有對手的獨角戲終於落幕，有情人終成家屬。

他倆可歌可泣的愛情，告訴所有異地戀，沒有對的方法，只有對的人。

說起來很可笑，抵用券小姐和磊哥是在夜市相識的。磊哥家裡有錢，但他不愛顯擺，為人低調，最多不可免俗地在愛泡妞的年紀瘋狂泡妞。上大學時聽說夜市上美女多，便跟幾個兄弟在夜市租了個黃金地段擺攤，賣山寨大嘴猴的包包襪子內褲，目標專門鎖定女生。

半個月下來美女沒泡到幾個，倒是莫名其妙賺了不少錢。有一天晚上臨近夜市斷電，其他攤位正陸續收攤，磊哥一行人也開始收拾東西準備吃消夜。這時抵用券小姐戴著墨鏡停在他們攤位前，拿起一個包包問價格。至於抵用券小姐為什麼大晚上戴墨鏡，不過因為她當時參加了某屆超女，在本地小有名氣，就少不更事地裝了個逼而已。磊哥平時不看電視，但一聽朋友說是明星，立刻機智地報了一個兩倍高的價格。抵用券小姐嫌貴，磊哥睥睨著眼，說，范冰冰來也是這個價格，不買拉倒。然後抵用券小姐頭也不回地就走了。

後來說起那晚的相遇，抵用券小姐鬆了口，其實對磊哥是一見鍾情，但那時有包袱，死要面子。本以為兩人不會再有交集，結果抵用券小姐某天在棄用的部落格裡看到磊哥五個月前的留言：下次買包給你便宜點啦。她立刻補回了一條：你是那個攤主？沒一會兒，磊哥回覆：我已經不是夜市攤主，是一個外國友人了。

不過五個月的時間，磊哥就考完雅思去了英國讀研。磊哥是哈利‧波特狂熱愛好者，去英國的一大部分原因是為了混跡在各種取景地圓夢。外

表成熟的大兒童，腦袋少根筋，羨慕那些算盤打得特別精的人，而自己連計算器都會按錯。雖然骨子裡還是藏著那股霸道勁兒，但也得看對象，不論趾高氣揚地流連多少美女，最後也在抵用券小姐身上栽了跟頭，兩人通過部落格小紙條來回傳情，開始一段漫長的異國戀。

抵用券小姐的名字源於她這些年跟磊哥之間的一個幼稚到家的互動。如果磊哥做了什麼感動她的事或者今兒天氣好心情佳就可以積分，積滿7分她就自己用PS軟體畫一張抵用券發給磊哥。不生氣抵用券，兩人吵架時只要磊哥祭出，她就不能生氣；親親抵用券，任何時候想親就親；馬殺雞抵用券，用於見面時為磊哥免費按摩；多一小時視訊抵用券，無論再睏，祭出此券，必須陪君死撐。

幼稚到讓外人看來想報警，但也給單身狗1000000000點暴擊。

抵用券小姐超女比完賽那段時間造作過一陣子，但幾個月後沒人氣了就現出原形，軟妹子一枚，實際是個糙漢，愛喝啤酒和運動，皮膚好到常年素顏見人，顏值湊合但雙商極高。特別愛笑，笑起來絕對坦然地露出整個牙床。旅行愛好者但沒錢，每到一個地方會把頭髮耷拉下來扮鬼臉做紀念。女生變女神有兩條路，要麼是美，你看baby，要麼是會做

走得太远追不上，
跑得太快也回不了头，
保持同样步调才能看见同样的世界

菜，你看老乾媽。你看抵用券小姐，不夠美也不會做菜，只會發神經，也難怪她紅不了。

　　剛在一起的時候，兩人每天靠手機黏糊，還好磊哥有錢，打國際長途不肉疼，常常一通電話下來手機燙得可以熨平眼角的細紋。熱戀期的聊天內容跟大多數異地戀情侶無異，無非是分為很多個系列，比如吃了什麼類，遇到什麼人類，做了什麼事類，以及觀點交鋒類，犯病的時候只發小S的表情都能對話好幾回合。摸不到人，每天就不停地講廢話，但也不覺得無趣，兩人之間的默契就像伏地魔和哈利‧波特那樣，你那邊有風吹草動，我這邊就腦袋疼。

　　畢竟是差了八個小時穿越時空的戀愛，難免有短訊沒及時回，生活不對等的時候，若兩人開啟吵架模式，這時不生氣抵用券就能發揮最大的作用，讓抵用券小姐暫時存檔怒氣。幾次下來她幡然醒悟其實根本沒必要為這些小事生氣，慢慢地竟然讓不生氣抵用券失了效。

　　就像有一次是兩人在倫敦短暫相聚後，抵用券小姐隔天要走，可能是捨不得，又或是太憋屈，沒事找事跟磊哥大吵了一架，叫囂著今天就飛回去。結果磊哥半天沒聽到關門聲，出去一看，她在廚房做飯，磊哥問她怎

麼不走呢。她惡狠狠地搓著番茄，嚷嚷著，給你做了飯馬上就走。

相愛容易因為五官，相處不易因為三觀。磊哥當時就覺得，好難得找到三觀相似五官相投的人，柴米油鹽聚合離分也能過成甜的，接下來的每一天，都是要為了娶她而準備的。

異國第三年，在上海發展的抵用券小姐成了淘寶模特兒，財源滾滾，為了保持身材每天只吃一頓飯。磊哥突然帶來好消息是他終於說服了爸媽不用在英國工作，告別哈利‧波特回家伺候夫人，可隨後的壞消息是，他爸把他發配到深圳做創業公司。腦回路承受不了這驚喜和失望，抵用券小姐不顧身材喝了快一打啤酒，發泄這三年的怨氣，在那月黑風高的夜晚站在馬路邊大喊英語，結果撞了車，在醫院吊了兩個月石膏。

那兩個月可謂是她最幸福的時光，每天跟磊哥抬頭不見低頭見，把醫院當戀愛溫床，天雷勾動地火，此處少兒不宜。抵用券小姐的運動精神得到超強發揮，倒是讓磊哥徹底筋疲力竭。這天醫院樓下的地磚被翻了起來，抵用券小姐躺在磊哥懷裡撩撥他，你猜樓下在幹嘛，猜對了讓你嗯嗯，磊哥閉著眼有氣無力地說，造……火……箭。抵用券小姐把枕頭一摔，媽的你是有多不想跟老娘那個。磊哥一聽就用身子把她整個人團了起來，抵用券小姐浪叫著，小心我的腿！

前路兇險，無論是笑著走完還是半路跌倒，抵用券小姐都不怕，磊哥在身邊，就特別舒服，像是秋褲扎到襪子裡的那種安心。

後來，磊哥去深圳之後像是變了個人，全情投入創業，兩人的聊天系列縮減成單一的工作內容類。抵用券小姐給他畫了各種看展覽抵用券，吃粵菜抵用券，看電影抵用券，都被他閒置。她一直是個獨立的姑娘，又不

願意放棄自己的工作去深圳全職陪他，面對如此境地，要麼豁達一點，要麼火大一點，但她知道磊哥在事業上升期，吵架改變不了局面，唯有自己調適。

雖然異地戀給了彼此考驗，但也給足了彼此空間，有時候想多了會糾結對方到底合不合適，值不值得，但過了那個勁兒也發現無非是庸人自擾，她明白自己的最終目的地是磊哥這個人，而不是像普通情侶那樣磨日子。

他們感情真正出現危機是在異地的第五年，抵用券小姐突然意識到，自己需要絞盡腦汁搜腸刮肚地尋找話題，不然跟磊哥的聊天就會陷入空白，久了就覺得好累。但磊哥卻沒有這個神經，他的創業公司剛完成新一輪融資，在工作上找到成就感，背後還有個自己愛的女人，已經覺得足夠幸福。

這時有個常跟抵用券小姐合作的攝影師向她表明了心意，隔三差五開車帶她兜風，抵用券小姐不喜歡他，但也拒絕不了寂寞，終於在那個攝影師準備吻她的時候清醒，懸崖勒馬。但還是被磊哥知道了，直接飛到上海啞著嗓子罵她，抵用券小姐把心裡的鬱結喊出來，兩人吵到最後抱頭痛哭，磊哥把她抱得死死的，他說，丫頭，我寧願跟你吵架，也不會愛上別人。

這次分開後，磊哥送了她一箱禮物，裡面裝著十個標了數字的紙盒，承諾她每個月不定時只要他下指令，她就可以打開其中一個，拆到最後一個的時候，他就會來上海。

那十個月，抵用券小姐的人生裡最有正能量的兩個句子，一個是逛完淘寶後的「賣家已發貨」，另一個是磊哥發來的「你可以拆開×號了」。磊哥的禮物裡有簡單粗暴的名牌包，也有當初沒用的抵用券，承諾可以反

作用於他。最特別的是一個行事曆，讓抵用券小姐把每天做的事都記錄在案，如若是一天的行程只有看劇喝啤酒，那下次拆禮物時間就會延後一個月。為此抵用券小姐學乖了，懂得自娛自樂，且每天過得特別充實，拍片時格外用心，空閒了就去健身學英語，陪磊哥一起進步。

其實異地情侶的危機都是因為各自的世界發生變化而讓生活圈沒有重疊，容易產生不同的三觀，我說的你理解不了，你給的也不是我真正需要的，所以差得太遠追不上，跑得太快也回不了頭，保持同樣步調才能看見同樣的世界。

時間回到聖誕節這天，磊哥讓抵用券小姐打開最後一個紙盒，裡面裝著一張卡片，上面寫著，你是我最終的目的地，嘟，我已經到站了。卡片下壓著的紅色盒子裡，裝著一枚戒指。

磊哥穿著一身紅綠色的麋鹿毛衣出現在抵用券小姐身邊，他真的用十個月時間把事業重心挪到上海，與深圳兩頭跑。他們在今年三月領了結婚證，兩人在紅底照片上笑得格外歡脫，本說年底出國舉辦婚禮，但好像因為磊哥工作上的安排暫時延後。

我從來沒有如此期待一場婚禮，單純的祝福對他們而言都太輕，只希望這對伴侶能有最美滿的大結局，這也是異地戀通關後獎勵給他們最好的禮物。

希望所有的異地戀人再勇敢一點，不會因為對方不在身邊而感覺孤單，好好生活，學會一個人過，你能變成更好的自己，他能做成他想做的事，為了日後能在一起生活而拚命努力，珍惜每一分每一秒來之不易的幸福。

送上永不分離抵用券一張，本券無截止日期，請放心使用，祝各位早日通關。

10

面前這罐果醬
特別好吃

心理學上有個經典的「果醬試驗」，大致過程是在超市做果醬試吃，第一個試吃攤位有六種口味可以選擇，另一個攤位有二十四種。二十四種的攤位吸引了很多顧客，但最終只有3%的人買了果醬。而六種口味的攤位雖然沒有吸引那麼多人，卻有30%的人試吃後買了果醬。

這個試驗告訴我們，世界那麼大，誰都想去看看；選擇那麼多，卻不知道選哪個。

拖延小姐的人生金句之一，動作慢點沒關係，目標小點也無礙，能把手頭的事做到極致，也是種福氣。

跟她的名字一樣，她的人生自帶延時效果，倒不是說她懶，很多事也能在固定時間內完成，只是屬於不見棺材不落淚，躺到棺材裡才知道哭的典型。大學學的是室內設計，外人看著高大上的專業，但她逃了大部分的課，每天躲在宿舍裡看電影寫小說，以及吃。身為頂級吃貨的她可以一大早準時起床蹺課，一個人坐兩小時的公車來回，就為了吃一碗蓋澆飯。還偷偷運了一堆違章電器到寢室裡，下廚自給自足。當時她做的雙皮奶廣受好評，於是在大三那年，她潛心研究開店攻略，暗下決心，畢業後要開一家甜品店。

身為資金來源的爸媽直接斷了拖延小姐的念想。爸媽都是公務員，覺悟高，所以逼著拖延小姐考公務員或研究生二選一，考上再考慮是否給錢讓她開店。拖延小姐咬牙選了公務員，結果考試當天一覺睡到中午，後來又藉口因為跟她初戀分手太難過賴掉了考研。

就在大四最頹喪那年，室友們突然變異一般，有人已經找到月薪兩萬的工作，有人做兼職幾個月也有了不小的存款，她除了寢室裡的鍋碗瓢盆

和電腦裡一篇篇廢棄的小說稿外，兩袖空空，回憶裡烙下的都是得過且過的印子。她以為大家都一樣，其實大家根本不一樣，只是學校生活就那麼點事，顯示不出高下而已。

那時她明白，沒人會跟自己的結局一樣。

後來有一家知名文學雜誌主編看過她寫的小說，有意請她去北京做實習生編輯，對寫作抱有熱忱的她見機會不錯，便暫時擱置了開甜品店的願望。接下來的兩年裡，她戴著北漂的鐐銬換了很多編輯工作。在一家數字雜誌做新聞時，受不了每天早晨五點下班還全年無休的工時，身體吃不消重病了一場，便藉故辭職成了死宅，狠狠拖延了半年用來治癒身心。

休養期間經濟拮据，又好面子不管爸媽要，拖延小姐開了個淘寶店死撐，結果因為用的是同學的身分證登記，後來被她操作失誤直接吊銷了店鋪。在她連一份十五塊錢的外賣都負擔不起的時候，遠在上海的朋友適時伸出援手，介紹她去一家文藝APP，於是跟北京揮淚作別，拎著一個21吋的行李箱扎根魔都做回編輯本行。

有一年拖延小姐帶作家簽售，結束後那個知名作家請他們吃火鍋，席間聊起自己的書賣了電影版權，事業風風火火。回酒店的車上，她和另一個小作者本來一路聊著姐妹淘話題，突然那個小作者嚴肅地說，人家都已經靠寫作致富了，我還得靠每天看主管吹鬍子瞪眼地養活這可憐巴巴的作家夢，我都不知道自己在幹嘛，每天東做一點西做一點，好像什麼都會，但沒一樣能做成的。但是轉念想想又不對啊，我們這二十多歲不就是該可勁兒作的年紀嗎，不用想著存那麼多錢養老，也不應該覺得放棄哪個選擇就會失去一切啊，年輕就是給了自己試錯的資本，這個時候不做自己喜歡

的事情，將來自己會後悔的。

其實這幾年拖延小姐每次換工作仍有開店的念頭，只是越大越發現開店這件事需要好好籌劃，包括開甜品店的想法後來又變成了有甜品的私房菜館。也是那位作家朋友的一番話，徹底激起了拖延小姐潛藏的信念。那陣子開店的想法越來越強烈，自覺不趁著年輕還有拚勁或許以後就懶得做了，於是回家主動向爸媽宣告主權，叫囂著不會找他們幫忙也就不要再阻止她開店，然後去銀行把這幾年的積蓄匯個總，開始找房子。

第一次去拖延小姐的店是在去年，店名很特別，叫「館子」。小小的店面分兩層，中午和晚間是餐館，下午是咖啡館，入夜後是酒館。我最喜歡的菜叫初雪炸雞，配著啤酒吃，分分鐘有《來自星星的你》的即視感。別看「館子」小，但桌椅板凳就連廁所門都是用老榆木做的，拖延小姐說

裝修這家店就跟養個兒子似的，自己餓著也得給他最好的一切。當初她跟師傅起早貪黑地在大雪天開車去浙江運木頭，差點半條命搭進去。其實不光是桌子板凳，上二樓的樓梯也是用榆木搭的，幾年來的積蓄光是裝修都用得所剩無幾，朋友罵她神經病，她卻得意，覺得這是她拖延二十多年，做的最對的一件事。

　　只可惜後來被鄰居投訴，樓梯被強制鋪上地毯，踩上去聽不出嘎吱嘎吱的木頭聲。說到這，也要感謝這一幫奇葩鄰居，讓拖延小姐知道江湖險惡，敵人不分年齡性別貴賤，在生意場上，唯有不要臉才能戰勝一切。「館子」在上海的進賢路上，兩邊都是上海老房子，住的還都是老人。出於地盤保護，從館子裝修初期他們就各種阻攔，裝個空調都要動用二十多個頭髮花白的老太集體圍攻，說是會把牆壁裝塌。明明是個安靜的文藝小館，非變著法兒說油煙大聲音吵，拿竹竿子敲店面的玻璃窗，朝店員們潑水，指著拖延小姐的鼻子罵著聽不懂的上海話。

　　那時即便她的內心再強大，也抵不過這般侮辱，晚上回家咬著被子哭，早晨醒來因為害怕面對那些鄰居繼續哭，幾個月下來人瘦了大半圈。有一天一早，鄰居直接把110叫來了，拖延小姐在警察和鄰居面前哭到虛脫，急中生智說自己得了癌，只能活半年，就讓她開店吧。

　　這媲美橫店群演的演技嚇跑了警察，讓鄰居老太們也啞了嗓。唯獨有個學佛的老太太化作終極BOSS，仍然喋喋不休，敢情這信佛的比他們這些俗人還絮叨。在拖延小姐無力回天的時候，她媽來上海解救了她，花了一個月時間天天跟老太太聊佛學，聊成了朋友，最後老太太還進了她的店裡，點了份招牌沙拉，直誇他們的菜好吃。

媽媽功成身退之前留給了拖延小姐一筆錢，讓她沒少感動與自責，不捨得用於是把錢都放在收銀機裡，說是一種無形力量支撐著她為這家店繼續不要臉地英勇抗敵。我第二次去「館子」的時候，正好碰上「館子」被竊，收銀機裡的錢都沒了。

　　從監視器來看是被小偷撬了門鎖，拖延小姐做好筆錄，在店裡善後。她倒是一臉鎮定，只是後來等客人都走了，還是靠酒精悄悄在我們面前紅了眼睛，她沒心疼錢，而是覺得可惜了爸媽的心意。

　　「館子」命途多舛，除了那些難纏的鄰居，拖延小姐還在晚上做帳的時候碰見金鏈子紋身收保護費的混混，被欺負幾次下來發現比他們蠻橫一點，就能讓他們退散。還有次有個神經病在二樓攻擊客人，把凳子都砸爛了，店員上前阻攔卻被神經病從樓上推了下去，腦袋正中花盆，縫了好幾十針，好在人無大礙，這一傷還讓大家更團結。

　　以上種種，慢慢練就了拖延小姐無比強大的內心，在不切實際的夢想達成之後，就感覺平時遙不可及的東西變得唾手可得，看自己變成過去夢寐以求的那個人，即使這過程再暴力不堪，結果也有滋有味。

　　拖延小姐說，剛開店的時候沒錢請設計師，就自己熬夜畫設計圖，我沒有繪畫功底，到了那個份兒上，就必須會。逼自己跟工人打交道，一輩子吵得最多的架都在開店上了。換了那麼多舒舒服服的工作，從來沒急過，終於等來了這最好的時候，卻費了她半輩子的氣力，好在最後的結果還算安慰。現在想起來，這幾年動蕩看似做了很多無用功，但我比當年那些在一條路上走到黑的前同事老同學都要過得好。不要怕改變，也別怕作選擇，錯了大不了從頭再來。年輕嘛，就是要有隨時變道，擅長急煞的勇氣。

决定接下来人生归属的，
往往不是努力，而是选择。

世界很大，我們的欲望又很強烈，很多選擇讓我們變得浮躁，想得多做得少。看著同學誰誰誰又買了輛好車，誰又出國炫了多少次旅行，除了跟自己狼狽置氣，卻不知道能拽著哪根救命線，在糾結徬徨時拉自己一把。

面對無數選擇的時候，學會篩選目前你最有把握的那一個，做到極致，然後在接下來路遇的每個轉角，再選擇接下來的方向，就像拖延小姐一樣，在該戀愛的年紀戀愛，在該談夢想的時候談夢想，在該失業的時候失業，永遠專注於正在進行的事。我們都會經歷停滯的時刻，也會因為「就這樣吧」的生活態度而變得徹底唯心，當一切根本違背了心底所幻想的樣子，那就改變。反正決定接下來人生歸屬的，往往不是努力，而是選擇。

落筆這篇故事的日子，正好是「館子」開張一週年。拖延小姐還在之前的文藝APP做著兼職，你一定也不會想到，她的店其實沒賺錢，還處於虧本狀態。開店沒心靈疙瘩湯那麼養人，不是喊喊口號努力個三百六十五天就能換來成績的，畢竟要面對今天爆表的翻桌率明天卻無人問津的尷尬。但拖延小姐倒是不在意，反正以她慣常的性格，這樣的狀態保持幾年是沒有問題的，只是現在的她跟過去略有不同的是，她覺得世界再大，也大不過眼前這家店，選擇再多，也沒有拉開「館子」的捲簾門那刻誘人。

人們會找一百個理由來告訴別人自己不是弱者，卻不善於用一個理由來證明自己是強者。生活到最後總有答案，但不會在一開頭就告訴你，要相信，理想從來不會遲到，改變總能超出你的預期。

如果把人生用果醬來代替，那最刺激的體驗，就是你不知道未來會有多少種口味，也不知道下一罐會是什麼口味。

但你知道，已然選擇拆封了面前這罐，那一定特別好吃。

To :

你可以幼稚，但不脆弱，
不是所有男生都喜欢一个
没头脑的公主⋯

与其久久思念一人，
不如鼓起勇气去见TA⋯

只要此時此刻是快乐的，
就能快乐兩人未來会
如何…

你要做到，
当热度褪去，
你对他仍会如此的尝惜
…

願我們都能在
最好的年紀，
收穫最好的愛情。

甘待愛情永遠是徒勞而，
你要主動去尋找…

不要沈溺在夢里
过度依賴，
否則容易迷失了自己
…

11

有一個喜歡的
偶像是很
了不起的事

只因在人群中多看了你一眼，我們就踏上了追星狗這條不歸路。從此辯論交際能力和寫作文、PS、Office、Excel技能自動養成，想看你每場演唱會，收集ABCDE版專輯，買完所有同款，想去你的城市找你，而從此我們之間的距離，永遠隔著人民幣。

而且，我樂意。

在我所有朋友裡面，要說粉絲與偶像間互動最讓人嘆為觀止的當屬如願小姐，她擁有一個「只要我喜歡的人，絕對會跟他認識」的恐怖吸引力，一遍遍刷新追星的最高境界。

如願小姐自帶反差萌，特喜歡跟著動次打次的音樂一起搖擺，但她的終身業餘愛好是彈古琴，平時戴著黑框眼鏡喜好MUJI素色衣服看著以為挺斯文，晚上就換上運動裝備練著NTC和十公里夜跑，高興時抓著你打一兩個小時的電話從詩詞歌賦聊到人生哲學，不爽時曾經在KTV裡徒手砸過酒瓶。

她人生的第一個偶像是蝸牛天王，跟所有粉絲一樣，她收集剪報，買漂亮的筆記本抄歌詞，省吃儉用買專輯，以一字不落地唱出他的Rap金曲為榮，晚自習還把耳機線從校服袖子裡穿出來，用手摀著耳朵偷聽。

一晃幾年過去，蝸牛天王依然引領著華語樂壇江山，只是走偏成了粉紅小公舉。有一次他在體育中心開演唱會，彩排當天如願小姐也去了，她說她也沒有跟保全動之以情曉之以理，靠一張安全的臉就刷進了體育場後門，坐在第一排中間位置看彩排。六萬人的體育場蝸牛天王就對著她一個人唱，結果第一首歌唱到一半就下了大雨，後半首直接把如願小姐淋成狗，十二月的天氣，回來立馬得了重感冒。這還不止，蝸牛天王轉型導演帶著首部電影在影院跑廳的時候，如願小姐遠遠在休息室門口站著，這時

有個工作人員匆忙向她揮手說，該讓藝人上場了！她默默點頭，然後朝休息室裡喊蝸牛天王的名字，說，他們在叫你，然後蝸牛天王回應，好的。

一切都自然得好可怕。

散場時人滿為患，如願小姐一路被當做影院工作人員，跟著蝸牛天王他們的電梯下來，然後到停車場的時候，差點被保全一起推上商務車。她扶著車門徑直跟保全說，我不是，我不是。保全驚呆了，應該會從此懷疑人生。

問她是怎麼辦到的，她說直覺，沒有尖叫，沒有瘋狂，這麼多年，他出現的地方，她就該去。

那段追逐蝸牛天王的時光成了她平淡日子的驚喜，也成了她驀然回首時的綿長回憶，念叨著時間太慢結果一夜成熟。大學畢業後，如願小姐來了北京，受蝸牛天王的音樂影響，第一份工作便是在一家網站做音樂節目，每天過著晨昏顛倒的生活。當時如願小姐很喜歡看臺灣某唱歌節目，對詹姆先生更是印象頗深，他們節目第一期請來的就是他，不過詹姆先生當時是出了名的省話一哥，只會嗯啊哦，主持人問不出個所以然，倒是直戳如願小姐的萌點，主動跟他聊了幾句，還送了他一只軍用指南針當紀念。多年後詹姆先生爆紅，參加綜藝節目被翻包時，誰會想到如願小姐送的那只指南針也躺在裡面。

做音樂節目的第二年，如願小姐的一段異地戀情無疾而終，那段時間她天天聽深情歌王的情歌，用他的聲音療傷，還因為深情歌王長得像她表哥，多了份莫名的親切感。後來有次深情歌王上他們節目，如願小姐安排得萬分周到，還打趣地跟他說了表哥的事，結果後來有次深情歌王見到

她，竟然會主動喊她表妹。

因為網站生存困難，如願小姐經歷了一次失業的窘迫，剛好那年春晚成就了奇蹟先生，全民掀起魔術的風潮，其中為之痴迷的就有如願小姐，本來不多的積蓄和失業後的空閒都花在成為魔術愛好者這件事上了。某次奇蹟先生團隊招宣傳，她想也沒想就遞了簡歷，於是真的短暫當了幾個月的宣傳，還跟他們團隊的人成了朋友，前不久還一起去了日本的熊本度假。

看著他們的合影我吃驚地問，你這又是怎麼辦到的。她說，你們都只看到他見證奇蹟，卻沒看到他背後每一次拚命，瞭解他之後不喜歡真的太難了。在你最迷茫的時候，偶像最能體現他的價值，喜歡的人劇透了你的理想人生，就感覺未來一切都有可能，於是自己也想試試看，其實他們潛移默化影響了你的決定。

這一切都看似雲淡風輕的，只不過追星狗決定一萬遍還是追星狗，如願小姐決定一次就能跟偶像認識。

包括她後來在W的關注列表裡隻身待過一陣子我也不意外了。有段時間她在雲南跟組，男一是W，他等戲間隙會支一個迷彩小帳篷，自己躲在裡面打坐。當時如願小姐不知吃了什麼膽過去請他給媒體簽名，走到帳篷前剛說完話就後悔了，W抬眼看了看她，氣氛凝結，如願小姐看他穿著一身迷彩此時特別適合掏槍，結果一道亮黃色的光芒拯救了她，因為她不小心瞥見了W的襪子上赫然印著好大的海綿寶寶。

從此高牆轟然倒塌，不過沒影響他們的交集。W會跟她聊港片，會跟她說起兒子的星座，在KTV還切了她喜歡的歌讓她唱《華山論劍》的主題曲，像大孩子般沒心沒肺，做起事來比誰都嚴謹。

　　如願小姐說，他就是個閃閃發亮的哲學家，儘管大部分時間都偽裝成了脾氣火爆的影帝、知心大叔、逗比的三歲以及MAN爆了的紳士。她至今印象深刻的，是他說的一個佛學觀念：慈悲兩字，我覺得悲心更重要。

　　她當時有點雲裡霧裡，後來如夢初醒全都懂了。

　　二〇一二年冬天，如願小姐經歷了人生最被動的一次轉折。因為杭州老家的父親出了車禍，右腿重傷，行動不便，如願小姐忍痛放棄北京的事業和朋友，回老家照顧父親。看著父親無辜受罪，眼淚撲簌撲簌掉不停。那段時間她過得非常抑鬱，整晚作夢冒虛汗，可能也是上天給她安排的契機，某天她在BBS上看到一位很有名的上師照片，驚覺跟她前幾天夢見的喇嘛無異，恍然原來世界上真的有這麼個人，於是便一直靠關注他的消息給自己精神層面的安慰。

　　父親的傷勢好轉之後，她就背著雙肩包一個人去了印度。在當地加入

有一個喜歡的偶像
是很了不起的事

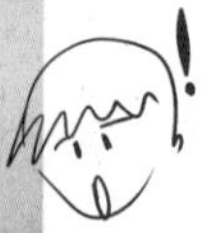

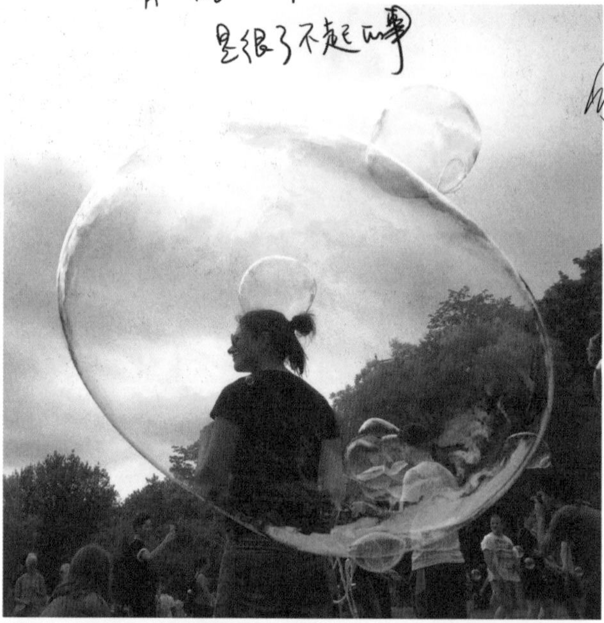

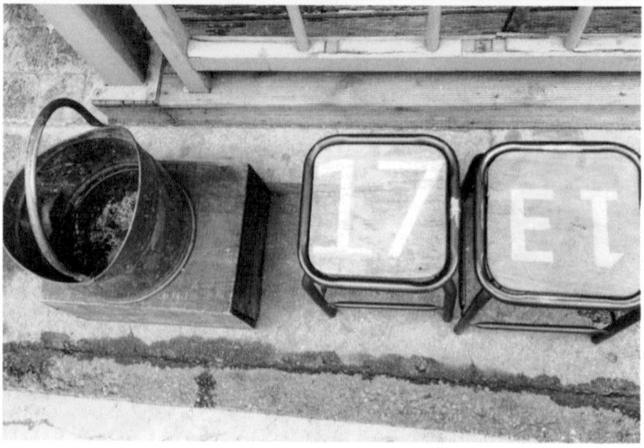

了一個臺灣的義工團，去幫那位上師主持的法會做義工，結果沒想到那天竟然碰到上師本人。她說上師見她的眼神像是認識多年的朋友，毫無意外地，一切如命定，她當日便皈依了，成為正式的佛教徒。上師還給她起了法名，叫如願。

如願小姐回去後整整哭了一夜，於她而言，這可能是她人生最高段位的偶像，能親眼看到那個人，已然變成一種儀式。

印度之行後，如願小姐重拾信心，生活回到正軌，繼續見習著她的吸引力法則，一次次在不經意之間如願，平安樂活。

現在的她，在上海工作，雖沒有戀愛，但養了隻貓陪伴也不算孤獨，依然愛著古琴，晚上也積極跑步。直到今天，對她來說發生了很多「活久見」的事，比如深情歌王和W同框上了綜藝節目，奇蹟先生結了婚，詹姆先生話多到能當導師還能四處供水，而蝸牛天王也已經當了爸爸。

喜歡的人都不再年輕了，她也是。在所有人都讚嘆她身上這種奇妙吸引力的時候，或許只有她自己知道，所謂「追星」，不過是「一起成長」。之所以能與喜歡的人產生交集，或許是因為這已不是單純的喜歡，而是一種習慣，就是在每個失意的瞬間，每個想哭的瞬間，每個笑出腹肌的瞬間，每個感受到這個世界還有美好的瞬間，一想到對方，就慣性地充滿力量。

很多人不理解我們當初為他吶喊，把他的專輯歌名串成一段話，收集有他的報紙雜誌，第一時間看他的採訪和節目，攢下一筆人們認為不值得的錢跟幾萬人一起陪他唱歌一樣，大概也不會有人理解，我們因為喜歡那個人，而默默在做著向他看齊的事。

就像有次我落地北京，看到成群的粉絲舉著偶像名字的燈牌接機，他們在旁人看來可能都不可理喻，但沒人知道他們眼睛裡閃爍的東西，以及偶像的一個微笑，哪怕只從自己身邊匆匆走過，對他們而言的意義。

有個有趣的提問，TFBOYS和EXO誰更努力，下面的答案很好笑，他們的粉絲更努力。是啊，粉絲其實是個很感動中國的群體，幫偶像說話，被罵腦殘，不說又憋屈，想讓全世界知道偶像的好，但對別人來說都不重要。像是打不死的小強一般照顧自己還要無條件寵愛喜歡的人。要說正能量，無人能及。

記得我中學那會兒，每天生活都充斥著林俊傑的歌，還跟班上所有不喜歡他的人為敵，考試作文裡寫他，給雜誌投稿的文章也寫他，因為他結識了一圈可以結伴此生的朋友。十幾年過去，寫書的時候都還習慣聽他的歌，會因為他沒得金曲獎而憤憤不平，還有機會帶著自己的書跟他同臺，甚至給他寫了歌詞。每一件事都想謝謝他，讓我小時候曾幻想的一切都如願以償。

我們每個人，不是都有像如願小姐一樣十足的運氣，但我們可以活得像自己，好惡分明，做每件事都盡力。粉絲與偶像之間，難得的不是一場場相遇，而是三觀相同的默契。有一個喜歡的偶像，是很了不起的事，他會發光，而且照亮了我。

每當別人問起，都底氣十足，之所以變成現在的自己，是因為有個讓我不後悔喜歡的他呀。

Six things my idol likes:

No 1

No 2

No 3

No 4

No 5

No 6

Six things I like:

No 1

No 2

No 3

No 4

No 5

No 6

12

對的人很多，
但愛的人只有一個

有很多對戀愛的比喻，像是一場旅行，必須要看完所有風景才甘心；像是投簡歷，投了無數用人單位可能才有一份回應；像是吃泡麵，有時看著別人吃著香，自己吃起來卻不是滋味；也像是坐公車，晚一點沒關係，錯過了可以等下一輛。

馬鈴薯先生和番茄小姐的關係很像計程車，看似兩情相悅，卻壓根不是戀人。馬鈴薯先生就像自願停車等她隨叫隨到的2B司機，番茄小姐則像上了計程車卻不去目的地的2B乘客。

兩人保持友達至上戀人未滿的危險關係長達十年。番茄小姐，唱片公司金牌經紀人，身高一米五的「矮冷」女強人，以「我喜歡」做為人生座右銘，每天晝伏夜出做PPT談合作。高中時轉學成了馬鈴薯先生的同桌，帶著他打架逃課成為學校風雲人物，一路躁到大學，組社團接演出，最後形影不離漂到了北京。而馬鈴薯先生，就是一個愛吃馬鈴薯長得還沒馬鈴薯可愛的小跟班，扛過攝影機，做過情感節目的托兒，現在在一家娛樂公司做宣傳。皮膚黝黑，梳著辮子，看著挺有藝術氣息，實則直男癌重度患者，沒什麼大理想，「普通」是他唯一標籤。如果說番茄小姐在女人堆裡能靠她的小個子大光芒成為亮點，那馬鈴薯先生丟到人群裡就是用來襯托其他男人的。

這幾年番茄小姐桃花不斷，且都是些名門才子之流，她對有才華的男人沒有抵抗力，最後一次戀情更是場異地戀，對方是一個做電影美術設計的臺灣人，標準高帥富撞球打得也好，美中不足就是潔癖太嚴重，番茄小姐飽受非人折磨，每天連根頭髮絲都保護得小心翼翼，生怕掉在床上被他全身心嫌棄。

為此馬鈴薯先生常莫名接到番茄小姐的求救電話，說臺灣人突然來北京，但她人不在，要他半個小時內去她家救援，換床單被套打掃衛生。馬鈴薯先生唏噓覺得她這是何必呢，愛到沒了自我，番茄小姐就嗆他的零經驗愛情史，說他不懂，若是求一個玩伴，撩撥孤單的人，那儘管敷衍，但若是求得長久共眠，就必須為對方妥協。

　　馬鈴薯先生不以為然，若是情深摯愛哪需要為對方改變。

　　果然，番茄小姐還是落了單，臺灣人選了一個大胸錐子臉出軌，失戀當晚番茄小姐掄著酒瓶大罵男人都一個熊樣，然後向馬鈴薯先生的家投放了一枚原子彈，亂到一個慘不忍睹。她抹著眼淚吼，「我要吃肉！老娘跟臺灣人吃了三個月的素！我要紅燒肉！」馬鈴薯先生真的給她叫來好幾份紅燒肉，兩人神經質地開始比賽吃肉，吃到馬鈴薯先生滿面油光抱著馬桶狂吐時，番茄小姐才收回眼淚，用她慣常的臺詞為第N次失戀做了個收尾──「好了，我要去做PPT了。」

　　番茄小姐不知道，這次失戀成為她漫長水逆的開端。

　　這天馬鈴薯先生如常接到番茄小姐的電話，說有個歌的版權費急著付，先讓他墊二十萬，馬鈴薯先生積蓄不多，但在番茄小姐面前沒有咬牙考慮這件事。二十萬轉過去的第二天，番茄小姐又問他還有多少錢，馬鈴薯先生說五萬，番茄小姐壓低聲音，「給我。」「那是我娶老婆的！」馬鈴薯先生委屈道。「你就當暫時娶了我！」番茄小姐撂下狠話。沒過幾天，番茄小姐又來了電話，馬鈴薯先生這才徹底生疑，逼她說實話。番茄小姐煞有介事地強調三遍讓他必須保密，然後說，我在配合警察局緝拿犯罪團夥，他們以我名義洗錢！馬鈴薯先生一道青天霹靂，媽蛋，你被詐騙了。

後來兩人上警局報案，面對一百萬巨額詐騙數目警察也目瞪口呆。馬鈴薯先生倒是能理解她，在那些精明的老人和智商感人的年輕人面前，一聽到電話那頭的人要動你戶頭裡的錢，一定會比誰都警惕，也只有番茄小姐，會在一步步圈套裡讓正義感勝過理智，以老娘會處理好一切的姿態為民除害。

這一百萬是番茄小姐這些年辛苦的全部積蓄，通過這件事，她無比後悔，後悔之前在米蘭的時候沒多買幾個包。

沒有意外地，番茄小姐直接搬去了馬鈴薯先生家。起初還有點痛定思痛的決心，吃煎餃倒個醋都學會省著點，幾天過去立刻打回原形，水果一叫就是一百多塊的，吃不完就扔掉。她骨子裡壓根就沒錢的概念，只為喜歡的東西拚命。

別看馬鈴薯先生平時楞，但照顧起人來非常細心，他把自己的房間讓給番茄小姐，自己買了張沙發床在衣帽間睡，冰箱裡準備了番茄小姐最愛

的抹茶冰淇淋，鴨脖配蘇打水，每天會準時一個微信問她晚上回不回去吃飯，就連番茄小姐拉屎喜歡開著門大聲聊天，他也都忍耐著配合。

馬鈴薯先生常說，最好不要讓你那些男友看到你這個樣子。番茄小姐腹誹，他們沒這個運氣。

馬鈴薯先生家有一貓一狗，折耳貓叫小白臉，薩摩耶叫鰲拜。番茄小姐怕貓，每次都特別幼稚地故意在小白臉面前表現自己有多愛鰲拜，抱著牠自拍，給牠吃香喝辣的，小白臉也不是省油的燈，經常跳到她身上嚇她，為此鬧過不少次人貓大戰。

這天番茄小姐接到一個電話，對方操著一口南方口音說是她主管，讓她去辦公室一趟，番茄小姐神經一緊認定是個騙子，一口一個老娘用生命問候了對方全家。結果那人真的是她主管，還是不常來公司的那個大股東。主管本來要給她加薪，最後直接劈頭蓋臉給她罵了回去，不僅埋汰她的感情史，還直戳她被騙一百萬的痛處，說她是不是腦子有病，有病給她放幾天假，番茄小姐自尊心強性子倔，直接撂攤子說免了，我給你放一輩子假。

　　丟了工作的番茄小姐回到家就蹲在廁所裡，門開著對著空無一人的屋子抱怨，突然小白臉衝了進來，不由分說地跳到她腿上。番茄小姐嚇得把牠甩開呵斥了一聲，小白臉抖了下身子就跑了。

　　誰也不會想到，那天是番茄小姐最後一次見到小白臉。

　　窗戶虛掩著，沒人知道小白臉為什麼會從九樓掉下去。後來馬鈴薯先生抹著淚把牠葬在樓下的枯樹旁，鰲拜趴在一邊心痛得嗷嗷叫。番茄小姐躲在屋裡靠聽歌轉移注意，卻被馬鈴薯先生一把扯掉耳機，紅著眼說，你不要太自以為是了。

　　那天是兩人認識這麼久以來吵得最厲害的一次。不是因為小白臉的死，而是好像注定了這是一場必須吵的架，兩人彷彿握著手術刀開始不斷剖析這些年來對方的好與壞，所有的不對等與不甘心最終被衝動圍堵，說出那些不適合的話。

　　番茄小姐搬出馬鈴薯先生的公寓，想說的話儘管都在喉嚨裡，最後還是被沉默吞噬，兩人自此斷了聯繫，再遇見時隔一年之久。

　　氣溫降至零下的首爾，年輕人聚集在熱鬧的弘益大學周邊等待跨年。

the
BRAVEST
of
you

時你沒來由心頭一驚，於是慌張地那行為真
實在配，是因為潛意識覺得你不會離開。

人群中有幾個可愛的抱抱團女生舉著「Free Hugs」的牌子跟陌生人擁抱，馬鈴薯先生被摩肩接踵的人群擠到其中一個女的身邊，那個女生抱著牌子轉過身，沒想到是番茄小姐。

「別這樣看著我，我只是好奇，就借它過來玩玩。」番茄小姐邊說邊指著木板掩飾尷尬。馬鈴薯先生一把將她擁在懷裡，沉吟半晌說：「抱你的人那麼多，你還需要啊。」「挺需要的，小白臉走了後，每天都需要。」番茄小姐喃喃道。然後馬鈴薯先生抱得更緊了。

最後他們去了一家烤肉店，兩人把自己灌醉，開始聊起過去。馬鈴薯先生說了好多番茄小姐不堪回首的往事，她羞赧地把烤好的馬鈴薯片一股腦塞到馬鈴薯先生嘴裡，嚷嚷著，你差不多得了。

「什麼叫差不多得了？」馬鈴薯先生突然語氣變得嚴肅，「唱歌唱到一半，我對自己說差不多得了，於是我按下切歌鍵；俯臥撐做到八十個實在累得不行，我對自己說，差不多得了，於是我站起來去喝水；為自己

拚過幾次，我對自己說，差不多得了，於是我過了二十多年平凡日子；可是，愛你這麼久，我怎麼對自己說，差不多得了。」

番茄小姐無力招架，仰頭喝了整一杯酒，罵他，「你是傻×嗎？」

故事的結局他們還是好上了。

很多人會說，太扯了吧，他們這關係能在一起早就在一起了。但其實，日子都是處出來的，沒有不能擁抱的兩個人，只有不敢靠近的兩顆心，就像你身在持續的噪音中感覺不到噪音的存在，當噪音停止，你才能意識到剛剛的聒噪一樣。我們總是在最好的愛情裡而不自知，對其視而不見充耳不聞，有些人跟他分開後，感覺是解脫，而有些人是為了讓你覺察到，失去對方言行字句的世界，自己才更愛對方。

有些人兜兜轉轉那麼多年，好像就是為了最後能在一起而準備的，馬鈴薯先生和番茄小姐回歸正常生活，兩人和熬拜同哭同笑同居，番茄小姐繼續「矮冷」，不過突然很喜歡跟貓有關的一切，甚至是Hello Kitty，並打算用一輩子欠著馬鈴薯先生的老婆本。馬鈴薯先生繼續傻楞，任何事裝作聽不懂的樣子做個天真無邪的小跟班——Sorry，I don't understand。兩個看似毫無關係的物種，但他們心裡無比清晰，只有在馬鈴薯先生面前，番茄小姐才可以變成番茄醬，而馬鈴薯先生甘願為她成為薯條，兩人因此絕配。

馬鈴薯先生常說，最好不要讓你那些男友看到你這個樣子，其實有隱忍的下半句，因為我不想讓他們知道你有多可愛。

相遇是春風十里，原來是你；相愛是山長水闊，最後是你。對你沒來由的脾氣，輕易展現那個最真實的自己，因為潛意識覺得你不會離開。愛情是成千上萬次相遇，對的人有很多，但愛的人只有一個。

想看的看的风景，想吃的吃的东西，
想爱最好的人，不努力点儿实现啊...

但愿这个冬天会眷顾我
...

毛線溫暖

no.6

有雪的季节,
对自己温柔,
也对自己好一点
...

记得穿秋裤... ><

一晃又一年,田匆又冬天,
还有很多事没有做完,
在未夜之前,结束它们...

降溫了，
起風了，

洗澡水溫標太高，
裡臉上什麼都不塗，
就出门跑，
你比任何人都重要……

与爱的人牵手并肩，手心的温度，
能让人感受到心在何方…

早上的被窝很温暖，
没关系你可以赖床，
但你要明白，
早晚都必须起来…

願你的世界
陽光溫柔，
冬天快樂。

羽绒衣是胖子
   最好的伪装.
还是要注意运动哦
      ...

13

那天陽光很好，
你在身旁

一直想要專門為他寫一篇故事。

我跟陽光先生是在朋友的生日局上認識的，第一次碰面可謂硝煙四起。那時我是剛到北京的預備北漂，他在一家如今早已沒落的音樂網站做主持人，我不知道那天自己是哪根神經搭錯線，穿了件雪白的亮片襯衫去KTV，讓他見我第一眼就認定是個養尊處優的「90後」少爺，不屑搭理。我那時性子也倔，見不得他留著一頭厚劉海裝萌，偏要跟他拚酒，給咱們「90後」長臉。結果幾瓶洋酒下肚，我趴在廁所馬桶邊狂吐，從隔間出來時看見他也捂著肚子一臉痛苦，當時我倆面面相覷，精神立感抖擻，強裝鎮定道了個幸會。

這互看對方不爽的一役後來竟讓我們成了死黨。

陽光先生說，我們結識一個真心的朋友，不是希望他讓你變得完滿，而是希望與他分享你的完滿。

那個時候我還視友情為最高信仰，喜歡在網上寫一些中二病文字。陽光先生比我大四歲，身邊朋友包括我都習慣喊他哥，這位哥哥那時也是真的閒，常在我那些友情大過天的文字下面罵我矯情，跟我討論友情真諦。

我那時理解的朋友，就是每天都膩在一起，吃喝拉撒喜怒哀樂都明擺著攤在你面前，你喜歡就奉陪，不喜歡就拉倒，酒是一定要喝的，歌是一定要唱的，說好一輩子也就少不了分秒的。我一直在見習這樣的朋友理念，結果越是在乎熱鬧，反而越是落寞，沒幾個知心朋友。

就像還沒有數位電視的時候，就七八個臺看得挺起勁，現在上百個臺了就兩秒換一個。還寫信的時候，朋友都挺走心的，現在微博微信，全世界都關注了卻沒幾個真關心。

我過了一段消沉日子，寫不出東西，關閉了社交窗，沒有正經工作，還打腫臉充胖子不肯管我媽要錢，窮得一天就吃一頓。那會兒瘦得特別有成就感，陽光先生看不過去，向我伸出援手，請我吃遍京城大小吃。做為回報，我代替了他家的家政阿姨，每天早上幫他買煎餅油條，週六準點去打掃衛生。生活中他是一個重度歸納癖，比潔癖的殺傷力更大，所有一切井井有條，洗漱臺瓶瓶罐罐按大小一字排開，衣櫃裡內褲襪子按顏色分類，電腦裡的照片全都按時間地點一個個文件夾分好。曾經我看完他一本雜誌沒放回書架，然後他餓了我一天。

二○一二年年底，機緣巧合下我跟朋友一起做了個宣傳公司，朝九晚五忙碌起來，倒是陽光先生突然變得很清閒，宅在家自學英語，晚上再去健身房踩躪跑步機，每天樂呵呵的。我以為他都背著我賺錢，結果也是後來才知道，其實那時候他音樂網站的節目停掉了，根本沒有收入。有天他異常興奮地拿著一枚戒指說他終於接到活了，前老闆介紹他主持某珠寶品牌的發布會。其中有個環節，是讓主持人用變魔術的方式把戒指變出來，出於信任，讓他先拿回家練習。結果好巧不巧的，我在打掃衛生的時候，沒認出來那枚帶了套的戒指，連著外包裝當垃圾丟了。

我到現在還記得，那晚北京下了有史以來最大的一場雨，路面積水已經淹過小腿肚，我倆像瘋子一樣翻著社區樓下的大垃圾箱。我操著髒話連帶著無數個對不起把幾個垃圾箱都翻了遍，連我親自扔的那袋垃圾都找到了，卻不見戒指。不過陽光先生倒是一臉鎮定，我問他這戒指貴嗎，陽光先生說：「五位數吧。」我說：「靠，你殺了我吧。」他說：「那不行，我失業了還請你吃香喝辣的，殺了你沒人打掃衛生買早餐，那我不虧大發

了。」我當時鼻子有點酸，「求你別這麼正能量了，你罵我我可能舒服一點。」「罵你有啥用，戒指又不能回來。」說完他蹲在地上繼續翻垃圾。最後在我們都打算放棄的時候，他突然罵了我一句，「張好撐我X你媽的。」我扭頭委屈，「靠，你還真罵啊……」我張著嘴楞在雨裡，只見他舉著那枚戒指對我傻笑，厚劉海耷拉在頭上，像一根根水草。

然後他抹了把臉埋頭哭出了聲。

那晚之後，陽光先生剪短頭髮，掀起劉海露出飽滿的額頭，上了發條般拚命學英語，跑步健身，重振旗鼓瞞著我們參加了某國際音樂頻道的主持人大賽，他那低調性子直到最後殺進決賽才跟我們說。決賽當天，我們幾個朋友穿得興師動眾去壓場子，開著iPad燈牌，全程用生命尖叫。他奪冠的時候我把他名牌搶過來戴在胸前，甩著大衣跟他合影，他極不情願地嗆我，幹嘛穿一件你爸的衣服來，我反唇相譏，得了，現在是大主持人我說不過你，紅了之後怕是也會忘了我。

那時我真以為我們到了分岔路，還專程發了條微博，配著那張合影，特矯情地寫，那天陽光很好，你在身旁。

權當做友情的美好紀念。

後來證明我想太多，還好他沒一下子爆紅成何靈汪涵，即便商演接不斷，但還是照常帶我吃喝，給我灌輸無窮正能量。此前我意外「懷孕」，生了兩本斜角仰望天空的疼痛青春小說，讓我寫作夢想套牢。也是陽光先生鼓勵我，開始給某文字APP投稿，隨著心境成熟寫的東西也更正面，沒想到被按讚無數。原本幻想著要躋身大牌作家行列，結果愛好手機攝影的陽光先生覬覦我學前班的畫畫水平，拉攏我一起合作了一套創意插畫，從此

我變成了半個畫畫的。

更意外地，我們合作出書，轉型成了工作上的搭檔。

在這之後的事，已然成了進行時。我們由喝酒唱歌吃飯翻垃圾堆的戰友變成在工作臺上的TFUNCLE組合，為了一張都敏俊畫得像不像，或者是一片樹葉到底像頭髮還是裙子吵得不可開交。他說，我看你根本不是負責畫畫寫字，而是負責衝動，我問，那你負責什麼，他回，我負責好看。

去你妹的。

今年春節，我們幾個好友集體帶父母去蘇梅島旅行，大家租了一個大別墅，裡面有一個設施完備的廚房。有人提議晚上自己做菜，於是大家以家庭為單位各自認領任務去島上買食材。我們那個別墅路上有一條特別陡的坡，我和爸媽回來的時候坐的TUTU車突然在大坡中間拋錨，無奈只得下地手腳並用地爬上去，結果最後迷了路，還是打電話讓陽光先生隔空導航，才回歸大部隊。

當時我媽說，你看看人家能力多強。我腹
誹，雖然我承認這座陽光燈塔足夠優秀，但我堅
持認為，一段好的友情，不在於你找到或欣賞對
方的什麼特質，而是當你們相處時，你展現了哪
個部分的自己。

我足夠沒心沒肺，足夠暴躁衝動，足夠路痴，所以好感謝我足夠有勇
氣做自己，還有人真心把我當朋友。

我們別墅的中心有一塊大泳池，開餐前，我跟陽光先生舉著自拍桿拍下
各種鬼臉，他下著指令：你表情再誇張點，彎點腰，你往後退點，再退點。

然後，我就掉進了泳池，依稀能聽見大家的笑聲。

記得耳朵邊也是這樣的水流聲，好像回到了那個我們撿戒指的雨夜，
其實後來看到他坐在地上哭，我也偷偷抹了眼淚，覺得他特不容易。記得
我們相遇那天在KTV吐過八百回合後，最後兩人搭著肩亂吼林宥嘉的〈想

我足够没心没肺，足够暴躁冲动，
足够路痴，所以好感谢我足够有勇气的自己
还有人真心把我当朋友

自由〉，歌中唱，只有你懂得我就像被困住的野獸，在摩天大樓渴求自由。醉醺醺的我小宇宙燃爆，認定我們一定能腳踏這又愛又恨的大帝都，無死角自由。記得他窮我也窮的時候，他把皺巴巴的桌布鋪好，說今晚吃雪菜炒肉絲，我翻起白眼，他最愛用雪菜炒一切東西，不過是真好吃。記得我們跑簽售的時候，媒體讓我們聊聊對方，我開玩笑說他總說自己高，其實都離不開增高鞋墊。他說，我這輩子應該受不了第二個他了。當下我很生氣，後來細思極感，感動的感。

還記得我寫不出東西，身邊沒有朋友的那段苦日子，他靠著椅背雲淡風輕地說，其實不用跟自己較勁，聰明的人要懂得找機會，也要懂得捨棄機會。很多人說再堅持一下你就成功了，有時候卻是換個方向你就成功了。一直努力的意思，不是說一直在一件事情上努力，對人也是如此。

我一直認為，我能變成如此這般好，全仰仗在我最迷茫的時刻，認識了這個讓我值得驕傲一輩子的朋友。

我們經常互相利用，當面各種拆臺，平時少聯繫，有事聚一起。之所以肆無忌憚，是因為彼此練就了牢牢的安全感。長大後你會發現，朋友就是那些知道你再好也不捧著你，知道你再不好也願意保護你的人。

電影的好壞不重要，旅行的目的地不重要，餐廳的口味不重要，重要的是，和誰一起在做這件事。人與人之間總是太辛苦才能抱團取暖卻又太容易分開。希望未來的某天，你能記住的不是你去過哪裡，哪家餐廳好吃，或者電影講的是什麼，而是記得那個人。

海海人生，相信所有的不順遂一定為你積攢了運氣，要你遇見他們。

我们结识一个贞心的朋友，
不是希望他让你变得完满，
而是希望S他分享你的完满。

14

謝謝我們
不完美

網上有一個六歲的小孩寫的作文〈愛是什麼〉，他說愛就是當你掉了一顆大門牙，卻仍可以坦然微笑。因為你知道你的朋友，不會因為你的不完美，就停止愛你。

孩子都懂，在我們牛B轟轟的時光裡，一定有幾個2B陪我們放肆。

寢室裡四個女生，分別是肥羊，一個用C罩杯大長腿秒殺萬物的天津人，沒心沒肺又正義感爆棚，開學第一天就自然成了寢室裡的大姐大，馳騁在酒桌間叫著「走一個」的女中豪傑就是她。接下來是阿CO，人生永遠在犯二，丟三落四目前還沒丟過人，膽子小到可以忽略她這個器官，看香港槍戰片都會在電影院尖叫的那種，不過長得像陳意涵，濃眉大眼的，「媽媽最愛兒媳婦模範」獲獎者。三妹游林，成都軟妹一枚，高濃度文藝青年，飯陳綺貞蘇打綠，粗布麻衣是標配。最後一個叫小玉，溫州人，民歌專業，自帶鬼上身屬性，在寢室幾乎不說話，整天抱著手機面無表情地坐在床頭，孤僻到以為是在搞行為藝術。

寢室四人從軍訓初始其實互相不待見，總有層女生之間神秘的紗隔著，好在肥羊神經最大條，永動機的性格嘴巴一刻沒閒著，沒過幾天夜跑回來就直接在寢室裡裸奔，這讓沒見過世面的阿CO立刻拜倒在其C罩杯下，覺得這樣性格的女子太美了，兩人迅速組隊。接下來靠一場蘇打綠的演唱會成功拉攏了游林，就連不合群的小玉也因為幫她點了幾次到後，乖乖地飄在她們身後。自此四姐妹桃園結義，上課吃飯睡覺聊八卦強行綁定。

這天肥羊在四人的QQ群裡煞有介事地說她有個青梅竹馬最近缺愛，讓她發幾個妹子過去。肥羊介紹此男缺點不少但優點就是錢多，家裡搞房地產的，又是流行的小眼睛，特別像韓國明星Rain。大家一致推舉少男殺手

游林，她捧著一本安妮寶貝嬌羞地說，「人家不喜歡小眼睛啦。」結果轉頭加上Rain的QQ後，每天像塊望夫石一樣守著電腦，不時發出一陣蕩氣迴腸的甜笑。

當時Rain還特意跟肥羊打電話，問她自己跟游林在一起好不好，肥羊媒婆上身大讚這段美好姻緣，於是Rain理所當然地跟游林成了異地情侶，只是沒過多久他們就分了手。特別擅長用QQ號手機號和名字百度一切的游林偶然發現了Rain的匿名部落格，被她知道Rain一直喜歡肥羊的秘密，於是回寢室哭著跟肥羊大吵了一架。

肥羊在電話裡責問Rain：「你他媽在開玩笑吧，我們不是朋友嗎？！」Rain反唇相譏：「我當時問你，我跟她在一起好不好，你回答得那麼乾脆，你聽不到電話對面的我聲音很抖嗎？從小到大我一談戀愛都第一時間在你面前炫耀，用了十多年激將法激你都無濟於事，你是瞎子嗎？朋友？他媽的我最不想跟你做的就是朋友。」

故事真的特別狗血，但誰的人生不狗血啊。反正四姐妹分崩離析，落得分圈子的田地，QQ群被兩兩拆分，開始女生慣常的勾心鬥角，一直持續到大四畢業。

她們中最不可能戀愛的小玉竟然在畢業散夥飯上帶來了一個男朋友。後來她們才想明白，這些年沉默

的小玉，每天都抱著手機跟她的神秘男友傳情，當然不願搭理其他三位寂寞又幼稚的單身貴族。

　　這裡面最無辜的阿CO閃著一雙大眼睛看著寢室逐漸搬空，曾經預想大家抱頭痛哭或者醉一場都成為幻想。游林床頭的吳青峰海報被撕得只剩一半，肥羊晾在架子上金光閃閃的bra已不知去向，以及再也不會在半夜醒來，看見穿著一身白衣站在窗臺邊發呆的小玉。

　　好像這一切都不曾發生過。

　　時間一晃四年過去，人越成熟對生活的態度越淡然，從前會執著你身邊的人夠不夠在乎你，現在面對他們的走走留留，心裡竟有了坐看雲起雲落的豁達，當初說愛你的人可能在對別人說同樣的話，說好不分離的朋友也有了你去不了的目的地。不用苛責，那是他們的歸屬，只要你心裡擁有信念，人生的最後，陪伴你的那幾個人，他們在就好。

　　還好最後她們四個人都在，總部換成了微信群，即便設置了消息免打擾，也會被每天上千條的聊天記錄刷到頭痛。大學的游林開啟了肥羊生鏽

有人为你点高远了世界的灯，
有人掀开你心里的光。
我们内心越独立，重要的人就越少。
你不确定什么时候会失去他们。
唯一能做的，就是对那些还留在你身边的人更好，
所有人生的平淡与热闹。

的戀愛閥門，跟Rain結了婚，那年婚禮只有阿CO去了。本以為不會再有交集的四人也因這場婚姻重聚。Rain不改浪子本色，那一段鏗鏘的表白也全數作廢，婚後出軌數次，把往日最沒心沒肺的肥羊幾乎快逼出了抑鬱症，好在阿CO及時找回了游林和小玉，幫她重建信心，大膽離婚。

游林早已把當年的狗血經歷當成青春素材，幾次用在自己設計的廣告文案中，她現在就職於上海一家4A廣告公司，一心專注事業，再沒有過往棉麻婊造型，而是改頭換面走了中性風，大紅唇利索短髮，一句話裡必須

夾英文，非常international。而小玉，畢業就由爸媽包辦婚姻，跟她的神秘男友結婚，生了個大胖小子，每天在群裡曬娃，有說不完的話。

阿CO是最驚人的，成了女子監獄的獄警，每天跟一群女犯人生活，嗓門鏗鏘有力，教她們唱歌，一起看跑男。她在愛情上一直沒嘗到甜頭，倒是因為每天在這些想要好好表現的女犯人面前享受著女王待遇。

四個人在群裡每天各自分享生活，沒人再談起大學時那段缺席的時光。她們中第二個結婚的是游林，大家本以為照她這架式發展下去不嫁給王思聰都說不過去，結果跟公司新來的同事看對了眼。雖然那男的比她小四歲，但這位小丈夫成熟穩重，把游林調教得萬分順從，不過也無法阻止她每天在群裡深夜放毒，分享什麼女人抓住男人心的十個步驟，以及跟老公做愛的一百種姿勢。

她們雖然不在一個城市，但會約好同步去電影院看電影，結束後好在群裡聊劇情。無論有無家室，必須打著一百二十分的警惕心挖掘帥哥，第一時間上繳進貢。以及每天必須各自彙報一日三餐。她們有個不成文的規矩，就是早午餐可以隨便炫耀，但只要晚餐超過規定卡路里，就要接受被踢出姐妹群的風險。

被這一切折磨最狠的人是小玉，一個在國企工作，兒子老公最大，又沒見過世面的女人要跟上其他三位神經病的步調，著實辛苦。

她們也有相聚的時候，偶爾會互相去對方的城市蹭吃喝，遇上小長假就組團去國外旅行。無論天氣晴雨，身在紐約第五大道還是帕勞的森林小徑，都必須妝髮到位，美顏相機搭配自拍桿，留下照片發朋友圈。心機鬼游林經常只顧自己美，發的照片完全不顧已經變形的其他三位，為此她們

常抗議讓她刪掉。她每每都會說「挺好的啊，很漂亮啊，幹嘛刪啊」，她們翻著白眼，好看你大爺，然後上去就是一頓狂毆。

不過現在她們中肥羊的氣焰反而是最弱的，可能還是離婚的後遺症，讓她再也找不回當初那個即便世界末日來臨也能不要臉賴到最後的自己了，甚至從視覺上看，她的罩杯和身高都隨著性格縮了水。

身為獄警的阿CO命中注定成為她們旅行的拎包員兼保鏢。去年她們去巴西看世界盃的時候，誤打誤撞到了貧民區，遇上暴民圍著她們要錢，幾次斡旋之後都未果。眼看其中一個男的想動手，阿CO機智地操起游林的自拍桿就給那男的當頭一棒，混亂中招呼幾個姐妹專門往蛋上踢，她們一踢一個準，占了上風就立刻往外跑。途中恰巧碰上國內的時尚雜誌拍片，浩浩蕩蕩十幾號人，她們才像找到靠山般脫離險境。出門在外還是祖國人民好啊。

以上，僅僅是這四位奇葩女人瑣碎生活的一部分。

當初她們畢業時，微博剛好興起，經常有一些特別鬼畜的帳號，比如給男友給閨蜜給爹媽的一百封情書。這裡面最不文藝的肥羊建過一個帳號，叫給游大大的一百封道歉信，每天發條長微博，附加一句「對不起」，彌補心裡對游林的虧欠。

這事她一直沒跟游林提起。

不管是過去還是現在，收穫或是失去，都好感謝這些經歷讓我們成熟。我知道我對不起你，欠著你，但我真心不喜歡這個結局，反正最後我們都會變成一起跳廣場舞的大媽和滿臉褶子的老太婆，可憐巴巴又斤斤

計較，那我們現在還分開做什麼呢。

我想念你取一邊耳機給我聽歌，想念沒事就以嚇阿CO為樂子，想念只要我們一回頭就能看見玉，我也想念那個把髒話掛嘴邊，自個兒開心比天大的我自己。我這樣一個沒感情的人都難過到死，你又怎麼受得了。

這是最後一封道歉信，我解脫了，你他媽必須給我過得好，不然我不死心。

肥羊不知道游林是個裝B裝得很失敗的文藝青年，不然游林怎麼偶然搜到這個部落格後，還是看哭了呢。

我們一生會與無數人擦肩相遇，後來有那麼多人叫你親愛的，卻抵不過和當初那幾個人一起胡鬧的歲月。在你受了傷，在低谷尋求幫助時，能來拉你一把的還是那些人，人與人之間多一分寸的距離，就容易變成失去聯繫的荒唐，也終需要有一段經歷，才能看清遠近。在或不在，都值得惦念，忙或不忙，都懂得關心，時間會讓你越來越不懂如何交朋友，因為它早已把真正的朋友留下。

有人為你點亮這個世界的燈，有人撥開你心裡的塵。我們內心越獨立，重要的人就越少，你不確定什麼時候會失去他們，唯一能做的，就是對那些還留在你身邊的人更好，耐守人生的平淡與熱鬧。

路還長，謝謝我們不完美，才能在你的世界裡多賴一會兒，磕掉幾顆牙也沒什麼關係。

没有必要急着成熟,
最好的时光,
就是现在…

其实你没你想象那么重要,
原谅自己的平凡,
做点该做的事…

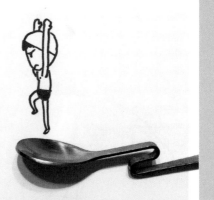

别太执着那些过来人的话，
社会的深浅，
自己去试……

如果说相遇花光了运气，
那相爱则靠的是勇气 …

人生没有太晚的开始，
一切都还来得及 …

聰明如你，

到此一遊

有些人只是从你的世界路过，
别把 TA 看得太重要…

你就安心睡吧，
反正那些比你好看的人
早已经起床努力了…

曾经以为世上最重要的东西是钱，
后来经历的事情多了，
才发现，的确如此…

有時候很多事，
越早知道越好。.....

不要同別人配活怎麼生活，
開心就好...

15

再無晴朗天氣
就自己成為風景

看過那麼多別人的故事，電影也好雞湯書也罷，無論是痛心疾首還是豁達重生，我們最想獲得的不是別人那樣轟烈的愛情，而是那些故事裡認真的說辭，教你怎麼好好愛，好讓原本寂寥的生活能擁有一劑針藥，在作死時懸崖勒馬，失心瘋時藥到病除，不至於白瞎了自己，成為別人的一個玩笑。

但後來嘴裡念著別摔倒的是我們，摔得最狠的也是我們，告訴自己不許哭的是我們，哭成傻逼的也還是我們。

我們聽過許多道理，卻依然過不好這一生。

這句話原來是真的。

止痛藥先生是我同事，還未熟識時便聽說他是豆瓣紅人，ID名字很高冷，寫的東西更是感覺文藝有距離，後來見了本尊，才發現是一個特別好親近的人。個子不高，笨重的大黑框眼鏡擋住了劍眉，臉頰有兩坨碩大的咬肌，拍照喜歡張嘴吐舌頭顯臉小，骨子裡也還是一個萌萌噠愛美少年。他身體裡那磨人的愁緒全仰仗於他愛文藝片愛到深處無怨尤，哭點極低，觸到他的電影能從電影院一路哭癱回家裡。可能也因為這種憂愁，止痛藥先生常生病，微博隔三差五分享在醫院吊點滴的照片，他的座位上常備一盒止痛藥，時不時頭疼，拿來吃一片。

遇見晴天小姐是在他從廈門回來的飛機上。為什麼會去廈門，因為他夢見大學的初戀，醒來後哭了，一衝動決定回學校看看。那幾天，廈門少有的清涼，腦袋也痛了一路。回程飛機上，一個小女生昏昏沉沉地坐到他旁邊，他朝人家看了看，很可愛，有點《九降風》裡初家晴的感覺，暫且喚作晴天小姐。

其實她數錯了位置，應該坐在前一排的。沒一會兒，本來該坐在止痛藥先生旁邊的大嬸過來了，操著尖嗓子說晴天小姐坐錯位置，但她不說話，捏著自己的機票，一副精神不太好的樣子，大嬸見狀怕了，認栽在前排坐下。

吃飯的時候晴天小姐把水灑了一桌，止痛藥先生把紙巾給她，她擦完後又從自己包裡拿出一袋還回來，止痛藥先生不好意思，說沒事兒，她還是一聲不吭，吃過飯便把頭靠在前排椅背上，保持這個姿勢許久，連空姐問她她也不理。

止痛藥先生腦袋又不舒服了，吃下一片止痛藥，然後把藥放在一邊睡過去了。直到被晴天小姐推醒，問他有沒有止痛類的藥，普通話很不好，大概是廣東或者香港的女生吧。止痛藥先生立馬把藥給她，說吃一片就行。她就著果汁吞了藥，又保持沉默。

下了飛機後，止痛藥先生先出來，下意識地想等等她，但遲遲不見人，只好先走，結果途中口袋裡的止痛藥掉了出來，他回去撿的時候，晴天小姐也正好停在那要幫他撿，他自己撿起來，沒想到她竟然頷首致謝，一時間讓止痛藥先生莫名，她補充，是謝謝你飛機上給我的藥，他恍然，連忙笑著說沒事沒事。

那是那天他們為數不多的一次對話。

止痛藥先生說她那天就穿了一件單薄的黑色外套，一雙白色皮筋鞋，好擔心北京的大風會把她吹跑了，擔心她普通話那麼爛，叫車的時候能不能跟司機說清楚，但後來就沒再見她。

　《重慶森林》裡有這樣一句臺詞，我們最接近的時候，我跟她之間的距離只有0.01釐米，五十七個小時之後，我愛上了這個女人。

　止痛藥先生沒用到五十七個小時，就愛上了晴天小姐。

　回來後的止痛藥先生苦於相思，每天公放著陳潔儀的〈心動〉魂不守舍的，讓整個辦公室陷入奇怪的氛圍，好像打破一個水杯，都想蹲下

來抱著自己哭一場。他相思晴天小姐到什麼程度呢？恨不得每天都去機場看能不能偶遇她，甚至還學那些大V在微博上發起尋人，但都無果。在我們以為這段緣分像是他頭痛後的某個臆想，吃片藥就痊癒的時候，他們又相遇了。

特別奇妙，看完電影的止痛藥先生哭著從電影院出來，第一次戴隱形眼鏡，結果被眼淚沖進了眼皮裡，他痛苦地揉著通紅的眼睛，刺得眼淚一直掉。後來是晴天小姐遞上紙巾，止痛藥先生閉著一隻眼看向她，沒出息地又哭又笑。

那晚，晴天小姐說她想喝酒，於是止痛藥先生帶她去後海的小酒館，他明知自己酒量不行，但怎想不行到一杯就醉了，癱倒在桌上看晴天小姐一個人默默地喝，喝得臉和脖子紅成一片，止痛藥先生一把搶過她的酒杯，醉醺醺地嚷，上臉的人不能喝太多，結果晴天小姐眼淚唰一下就落了下來。

她是香港人，有一個相戀六年的男友，他們在中學就認識，一起組了樂隊，她是主唱，男友是鼓手，熱戀時男友也跟她說過臉紅的人不能喝酒，只不過後來任憑她再怎樣紅了臉，即便喝死過去，男友也只是不痛不癢。因為他突然跟晴天小姐說分手，理由是對她的感覺已經不是愛情了，沒有第三者，也不想瞞她。

她問止痛藥先生，為什麼人可以突然不喜歡一個人呢？他一直在等我一個回應，可我說不出啊，我唯一想說的，就是我還愛他，其實他可以一直瞞著我的，我根本不想知道這個事實，痴線！

止痛藥先生聽完，給自己點了一杯莫吉托，嚷著你別喝了，我替你喝。那晚他醉得不省人事，連怎麼回家的都記不住，伴著如錘子鑿般的頭痛醒來，他後悔死了，因為忘記要晴天小姐的聯繫方式。

再一次與晴天小姐失聯。

大概又過了一週，晴天小姐出現在我們公司，當天是止痛藥先生二十六歲生日，他戴著蛋糕店送的王子帽，舉著自拍桿，做了一個極醜的吐舌頭表情，看到晴天小姐那張驚愕的臉，他差點沒咬舌自盡。

原來是那晚遺留了張名片，晴天小姐找過來說是要還他酒錢。終於見到傳說中那個讓止痛藥先生朝思暮想的姑娘，我們自然沒少起哄，拍立得單眼手機齊上，拉著他們合影，讓他們靠近一點，再近一點。止痛藥先生扭捏得很，推著自己的黑框眼鏡不停重複人家有喜歡的人。結果呢，第二天就請了年假，給人家當免費導遊去了。

止痛藥先生給晴天小姐設計了一條療傷路線，帶她去了故宮，爬了長城，在頤和園裡划過船，在南鑼鼓巷的小劇場看過話劇，在哆啦A夢展前留下過自拍，從五道營胡同的文藝小鋪到大望路繁茂的商圈，喝著北京老酸奶，被火鍋辣到爽。止痛藥先生說，他來北京四年，好像是第一次這麼近地感受這座城市，他把手放進褲子口袋裡，摸到那盒止痛藥，沉吟半晌，他心想，腦袋好像也是第一次這麼輕鬆，原來已經可以不需要止痛藥了，或者，找到了一種更有效的止痛方法。

晴天小姐回香港前，療傷路線進行到最後一站，止痛藥先生帶她去了北戴河。晚上晴天小姐坐在海邊發呆時，他放了煙火給她驚喜，兩個人臉上泛起五顏六色的光暈。見晴天小姐眼角噙著淚，止痛藥先生朝她身邊坐了

坐，挺直腰想讓她靠，但她只是獨自蜷縮著身子，抱著胳膊微微顫抖起來。

止痛藥先生猶豫著拍拍她的背，無言安慰。

煙火放畢，止痛藥先生還變出一個孔明燈，兩個人在把這些平時電影裡的橋段做完之後，天空終於回歸安靜，只能聽見潮水無奈地湧上而後退去。止痛藥先生當時就想，這麼多美好的風景，看完離開後卻沒有太多難過，可能因為潛意識知道這些風景自己帶不走，他們根本不屬於你。

有的人也是人生中那一抹風景。

晴天小姐就是那抹風景。

那句「在北京多玩幾天吧」還沒勇氣說出口，晴天小姐的男友就打來了電話，問她在哪裡，來回幾句慣常的問候後，晴天小姐又心軟了，甚至想當晚就飛回去找他。

事後我埋汰過止痛藥先生，剛過了二十六歲生日，父母見著你已經會開始催婚了，你看過那麼多愛到死的電影，頭疼了那麼久，好不容易不用吃藥了，為什麼不去爭取一下呢？

止痛藥先生嘴巴倔，但心底比誰都柔軟，他後來飛了一趟香港。打

通晴天小姐電話的時候，對方顯然很訝異，兩個人約在海港城的奶茶店見面，結果那家奶茶店街頭街尾各有一間，雙方傻乎乎分別在兩間店等了許久，最後再碰上反而是在路途中間偶遇。

世界那麼大，他又碰到了她。

聽晴天小姐講自己的男友，看她給男友帶魚蛋麵的緊張樣子，看男友對她不耐煩她還一副心甘情願的樣子，他漸漸確定了此行的目的，單獨找了晴天小姐的男友。當他看見一個落寞地承受老爸留下的一身債務，還要為所謂音樂夢想憋屈的男人，似乎也理解了他為什麼要跟晴天小姐分開。是啊，當年光芒萬丈地打著架子鼓，高喊著萬歲的夢想，結果卻填不飽肚子。

在一條走不通的路上不服氣死磕，摔得遍體鱗傷還喊著堅持的口號，我們不都是這麼傻嗎？

止痛藥先生買了一碗杯麵，在晴天小姐男友的小開間裡陪他坐著，聊到晴天小姐，止痛藥先生說，東西壞了，別想到丟，試試看能不能修，我們都一樣，擁有的東西很少，別等到什麼都沒了，才學會哭。

他沒有跟晴天小姐告別，坐上了回北京的班機，他把頭埋在小桌板上，掉了很久的淚。看《非誠勿擾2》時，姚晨說，千萬不要相信一見鍾情，他虛弱地瞥了眼旁邊的座位，晴天小姐沒在那裡，於是更加傷心。

直到我起筆這篇故事，止痛藥先生都還沒有從這份遺憾裡走出來，或張口大笑或沉默寡言，在他的座位上孤單得就像一座廢棄的海港，曾經停靠的船隻早已遙遠。他有一百種讓自己忙起來的辦法，但想她在這些方法之前。甚至有次吃飯給我們秀他新買的錢包，也是因為碰巧上面有他和晴天小姐名字的縮寫。他說，權當紀念。

他又開始吃止痛藥了，經常因為頭疼得工作都進行不下去，趴在桌子上一副鎩羽而歸的樣子。我給他介紹西城的按摩師傅，他也不去，夠任性，但這就是我認識的他。

他給我發來QQ消息，好長一段，說他們去北戴河那次，他其實把對晴天小姐的心意都寫在孔明燈上了，還特意用繁體字寫的，雖然晴天小姐好像沒什麼反應，但他相信她一定看到了，所以她還是回去找男友，就已經給了他最好的回答。

愛情就像固定的算術題，就算用再多的公式，用再多的草紙，做到最後總會有一個答案。而止痛藥先生早就知道這個答案了。

電影和書裡教你一百種面對愛情失意的辦法，給你循循善誘，把此生所有絕學燉成濃稠的雞湯告訴你，要學會放手，你會變得更好。但其實，沒有什麼辦法能減少失戀這個事實本身帶來的創傷。

別人的話不能，一頓美食不能，一次旅行也不能。發生了就是發生了，就像那個你撞上的電線桿，它始終都會在那裡，唯有被時間打磨得傷痕累累後，帶著這道疤，去找下一段風景，即使今後再無這般晴朗天氣，那這段經歷已然讓自己成了最美的風景。

親愛的晴天小姐，我不敢肯定你跟男友現在是否還幸福，但唯有祝願，願那個男人越來越好，因為這樣，平行世界的止痛藥先生才能放心，放心讓你繼續留在他身邊。儘管我知道，其實你們一開始就彼此無關。

止痛藥先生一定會找到一個姑娘，靠那一片藥，治好他的心痛。

16

總要有荒唐
的人事，
來完整
你的人生

這個世界有那麼多未知，每一天時間都不夠用，只是我們習慣了，把自己活成不瞭解自己的人，想要什麼，想去哪裡，就連想愛的人，都不確定。天南地北轉啊轉，遇見太多人經歷太多事，但都毀在一顆不夠堅定的心上。

Red說，人的命過一天少一天，愛的人見一面少一面，根本沒時間矯情。

我跟Red是在大學學生會認識的。憑著我中學畫了六年黑板報的傲人資歷，剛進學生會宣傳部，就扛下了畫活動海報的重任，於是大大小小的活動都要我苦逼地蹲在辦公室門口畫海報，往往一畫就直奔了零點去，當然我不孤單，那時陪我的還有Red。

Red是個偽文藝妹子，The Killers樂隊死忠，聽歌會跟著抖的那種，但穿的衣服都是素色小清新，看的書是秋微、嚴歌苓、安意如，最關鍵是有一頭自帶柔光的長髮，拿去拍洗髮精廣告都不用做後期。

她卡通字體寫得好，經常就是我排版，她寫字。剛認識那會兒，礙於她女神屬性太明顯，我這等魯蛇只得站在一旁看著，她蹲在地上頭髮鋪滿了整個後背，美好得像一幅畫。後來熟絡了，才知道她骨子裡的女神經本色，於是我倆一人一耳機聽搖滾，邊畫邊玩她的頭髮。她頭髮從不保養，只用一個綠色瓶子的洗髮水，她說那些髮膜啊護髮素啊都是騙人的，她這頭髮禁不起折騰，每天給它喝杯涼茶就特別高興。

我當時就覺得，這頭髮跟她人一樣，簡單，好滿足。

大二那年，Red在他們搖滾同好會裡跟一個外校的好上了，那個男生表面看上去肌肉鬍子一米八，實則是個林黛玉，隔三差五地去醫院吊點滴，

說是家族病，從爺爺那一輩下來身體就不好。剛開始熱戀階段，Red還會常去醫院陪他，時間一久，就變成口頭慰問，無論對方大病小病，都以「多喝水」搪塞，兩人靠著手機聯絡感情，維繫一個月一次的見面。那個林黛玉知道Red常跟我在一起，抱怨聲不停，為此我也鄭重其事勸過Red，她的回答倒是坦蕩：兩個人談戀愛，又不是非得活成一個人的樣子，各自開心就好，沒必要他病我也得跟著病，好愛情不需要亂付出。

我當時不懂，覺得她太狠心，可後來看她部落格才知道，她沒去醫院陪他，是因為不想慣著他的身體，如果想見面，就好好地去見她。

旁人永遠不會懂別人愛一個人的心情和處理方式。就像我不理解大四那年她放棄了學校給的美國交換生的機會而跟著男友留守成都的原因，因為在這之前，那林黛玉出過軌，跟醫院裡的一個小護士搞曖昧。小護士是衛校的實習生，說話聲酸酸甜甜的特膩味，林黛玉沒忍住，亂了性子。

這事是Red自己發現的，她沒跟男友說，默默以正房姿態找小護士私下聊過，內容不得而知，但小護士之後再也沒有對他們這段感情有半點糾纏。斷了念想的林黛玉，又重新投回Red的懷抱。

所以到了後來，我對林黛玉全然失了好感，每天盼著他們分手，但結果不盡如人意，只能眼睜睜看著Red跟林黛玉在市中心租了套房過上同居生活。她進了銀行工作，每天櫃檯來來往往再多人，下班後都會回到一個人的身邊。

當初是誰說不要活成一個人的樣子，最後卻自己露了怯。

畢業後我去了北京，聽室友說Red成了銀行的最美櫃員，大家都愛去她的櫃檯辦業務，她的林黛玉還露了真身，原來老爸是煤老闆，24K純金富二

代。看似在自己選的路上走得平穩順利，結果好景不長，她跟林黛玉分手了，對方甩的她。

去年The Killers在北京開演唱會，Red特地飛過來請我去看，全程瘋得形象全無，等最後一首歌唱完，她披頭散髮滿臉是淚。在吵嚷的人群裡，她紅著眼問我，你知道人怎麼個死法是最痛的嗎？

「作死。」她說。

怪自己太相信美好，以為看多了文藝書隨便說一兩句雞湯就可以給自己洗滌心靈，但其實所有的雞湯都是燉給別人喝的，擁有的時候看不見盡頭，到頭了，才知道曾經的矜持都是白搭。林黛玉跟那個新歡在一起，雙方父母很滿意，門當戶對，結婚證都領了。

而後，Red又回歸正常的銀行小櫃員生活，繼續愛著文藝書，也繼續聽著搖滾，那一頭盤起的長髮把小女人的氣質襯托得淋漓盡致，好像不曾受傷，也似乎宣告著，沒人能傷得了她。

故事的高潮是她收到林黛玉的喜帖，恭請她兩個月後去塞班島參加他們的婚禮。這麼喪心病狂的事只有極品前任做得出來，更喪心病狂的是她還張羅著去了，免費出國旅行，不去白不去。

身為日夜畫過海報的昔日戰友，我一想到這個傻姑娘尷尬地祝前任百年好合時臉上的表情，就心裡癢癢，為此特意讓成都的幾個好友幫忙給她介紹對象，爭取在前任的婚禮上也有個保護自己的盔甲。

我大學寢室另外三個兄弟都留在成都，一個單身兩個有伴，狐朋狗友無數，上到官二代，下到鉢鉢雞連鎖老闆，挨個兒游說他們去Red的櫃檯辦業務。有幾個對她挺有好感的，但Red卻十動然拒（「十分感動，然後拒絕

了他」的縮寫），全程冰冷地拿著紅章啪啪一頓蓋。這其中有一個旅行社的小青年，三天兩頭來買簽證費、取護照，但他又是唯一不主動跟Red搭訕的，安分地等著她辦好業務，再按下「非常滿意」的評價按鍵。而且銀行怎麼說也有四五個櫃檯，小青年每次來排號都能被她叫了去，冥冥中注定有緣。但Red嫌棄對方太娘，一口咬定是個妹妹，後來也不了了之。

林黛玉的婚禮安排在塞班島北邊的一個豪華度假酒店，整片私人海灘都弄得喜氣洋洋的，幾張長桌子上全是各種酒和美食，海風一吹，都是錢票子的味兒。

婚禮很隨意，致辭後沒多久，大家就紛紛找吃的去了，以至於林黛玉一時興起，竟然舉著酒杯操著四川話給自己灌了起來。隻身前來的Red跟林黛玉的幾個大學好友坐在一起，那些人見面就叫嫂子的習慣到了現在都沒改過來，弄得大家幾次陷入尷尬。

等大家在杯盞間有了醉意時，林黛玉也拉著新娘子晃悠到了他們面前。林黛玉醉了，伸手捋起Red的頭髮絲，喃喃自語，「沒想到你會來。」Red也不客氣，長髮一甩，舉起香檳杯，看著二位新人說：「當然，怎麼能少得了我，同學一場好歹要祝你們幸福，希望你們這段婚姻牢牢靠靠的，你骨子裡那個愛釣魚又愛曬網的脾性當在我身上實驗過就得了，千萬別耽誤了你老婆。說實在的，真感謝你當初丟了網，不然我真不知道自己還能游到大海裡去。」

話裡有話，新娘子臉綠了，林黛玉則紅著眼圈，打心眼裡覺得Red過分善良，分手了都還想著他。

略荒唐的酒局過後是更荒唐的麻將局，幾個成都麻友竟然帶了幾副麻將來，招呼服務生把餐桌的殘羹一收，立刻著手搓起麻將來。Red嚷著要加入，頭一回在異國他鄉吹著海風打牌，別有一番情趣，不知是不是酒精作祟，幾圈下來，覺得頭有點痛，便一個人悻悻地去一旁休息了。

躺在沙灘椅上，長髮被風吹著，連著假睫毛混亂了視線，有那麼一瞬間，她好像看到了大學時跟男友親暱的情景，恍惚間想起方才給男友交了紅包錢，口口聲聲叫對方「老公」，彷彿還是昨天的事。她覺得睏，於是

眼睛一閉，就什麼都不知道了。

再次見到Red是二〇一四年四月。我出版了新書終於能回成都簽售，家人和朋友都來捧場，唯獨缺了Red。想想從兩個月前她去了塞班島後似乎就斷了聯繫，我以為是各自忙碌，但那天才知道，Red正在市裡的醫院躺著，半個月前剛做了手術，腦袋裡長了個瘤，讓她直接暈在了前任的婚宴上。

事情的荒唐遠不止如此，比如這顆瘤讓她一睡就睡成重度昏迷，讓她爸媽第一次飛去國外居然是去醫院簽女兒的病危通知書，讓她以為要做開顱手術於是剪掉了一頭留了二十多年的長髮。

不知為什麼，知道她的長髮被剪掉比知道她得了這病，還讓我難受。

室友說她手術很順利，微創，沒有開顱，但現在走路沒有平衡，左耳聽力也有些下降，還得靠時間康復。去醫院之前，我先給她打了個電話，一聽是個老阿姨接的，便想當然以為是她媽媽，問她找下Red，她粗啞的嗓音卻告訴我，她就是。

我喉嚨一緊，有些猶豫去看她了，怕到時候控制不住情緒。一個當初跟你玩鬧的大活人現在病懨懨躺在床上，沒發生在自己身上真就體會不到那種聽到對方聲音都想哭一場的衝動。

見到Red的時候，她正在看書，一切都比我想像的好，沒瘦，氣色也挺好的，只是眼睛裡的光淡了些，像是被手術割走了精神。她也沒戴帽子，直面自己現在的小寸頭，見我來就一個勁兒嗆我說現在是個小名人也願意來看她這等草民，我哭笑不得，埋怨這麼大的事居然不跟我說。她倒是又搬出大學時講雞湯的架式，說這種事多一個人知道，就只有擔心和同情，第二天還得做各自的事，每個人都不容易，她抓緊康復，我們抓緊生活。

　　這雞湯一講,再看她這光禿禿的腦袋,我只能借說話的當口吞氣,把眼淚給憋回去。她說某天醒來的時候頭髮就沒了,也難過也傷心,枕頭都哭濕了好幾個,但後來想想,自己也是死過一回的人了,頭髮跟這比起來,太微不足道。就像剛失戀那段時間,也覺得天黑過,世界塌過,覺得今後也不會再這麼愛誰了,但後來總要學會妥協,因為還是會奮不顧身愛一個人,還是會遇見比今天更糟糕的事。

　　她之所以落得這步田地還這麼想得開,其實還因為一個人。那個在旅行社上班的小青年,成了這段時間照顧Red的紅旗手,當初流連在Red的櫃檯間悶騷的暗戀,終於變成大方袒露的心聲,從出錢到出力,從安慰父母到陪Red複健,事無巨細,以至於壓力太大弄成面癱,左臉做不出表情來。

　　頗有些患難夫妻的意味。

那天在離開的路上，惻隱之心作祟，想起大學時Res蹲在我面前，頭髮鋪滿背的樣子，就想揉眼睛，越揉指節越濕，她剪去了長髮，似乎就沒有什麼放棄不了了，屬於Red的青春，好像就在這裡結束了。

　　但想想，應該正在到來。

　　寫故事之前，剛跟她通了電話，說她轉了醫院，離小青年的家近一些，那邊的父母也可以幫忙照顧。我告訴她即將變成這篇故事的主人公，她就讓我也給她取個小姐的暱稱，我想了想，不如就叫活得明白小姐吧。

　　我們每個人，都會經歷生活的不易，但眼淚和抱怨都是用來發泄的，要走的人不會因為你哭一場就留在你身邊，讓你委屈的事也不會因為你的怨懟就默然消失，生活總要不時擠出一個微笑，好讓自己知道，當我們沒有選擇權利的時候，只有咬牙面對。或許當一切波瀾過去，你也在成熟中清醒，自己曾經錯誤放棄了什麼，而屬於你的，是否仍在堅持。

　　The Killers有首歌裡這樣唱：So happy they found me，love was all around me，stomp my boots before I go back in（他們帶給我快樂，用愛包圍我，我輕踏靴子，愉快地回家。）我想Red一定會感謝那些在她生命裡離開和留下的人，已過去和未完成的事，因為有了傷害和荒唐，才完整了她的人生。

　　在找到屬於自己的靴子前，願你黑夜有燈，夢裡有人，堅定並一直美好著。

前面那些年愛过的苦，
愛錯的人，剩的底寞
因为遇见你，觉得值得了…

關於喜歡你
的9件事
· · · · · · · · · · · · · · ·

no. 8

以前什么都要给自己最好的，
现在一切都给你…

想和你生猴子…

你连你想吃饭，我是我也饿了，
你快乐所以我快乐
…

你和我最重要的梦
长得很像…

> 圍著喜歡的人繞一圈，
> 就看到了全世界。

17

那些擰不開瓶蓋
的女孩
後來怎樣了

每一個擰不開瓶蓋的女孩上輩子都是折翼的天使，這一生才會被萬人寵幸，其他女生都敬而遠之，還能遇見無數力大無窮的男朋友，大喊著，放著那瓶蓋別動，我來。

這時就要特別介紹一下我這位朋友，江湖人稱深公子，性別女愛好男，別說擰瓶蓋，她能徒手開酒瓶蓋，以及獨立安裝馬桶蓋。

她也有一頭精心燙染過的棕紅頭髮，每天也會妝髮完畢見人，隨心情變換唇色，朋友圈也會隔三差五發自拍，嘟唇微張，攬收上百個按讚。性格好人又開朗，有股別的女孩沒有的勁兒，別人家的女生談戀愛都讓男人猜啊猜的，她兩手一揮，猜你妹啊，一根直腸子比誰都直接。

她有無數個讓女人看了會流淚，男人看了會沉默的優點，唯一有一個算是缺點的缺點。因為很小的時候重病一場，吃了激素，從此變成了個胖子，尋遍任何減肥良方無果，在這個專注於自己的時代，索性胖得高興。

好在她臉小，長得也漂亮，找好角度上鏡後也能唬住一大票男生，那會兒韓劇《想你》熱播，她自稱腫版尹恩惠，每天在公司歐巴卡機麻角色代入。她的辦公桌上全是各種來自世界各地的代餐餅乾、濃縮果汁、酵素，她其實胃口很小，只是喝口水都能變成脂肪，飽受二十多年來自身體對她的惡意。

她一直是個樂觀的胖子，沒因為身材而感到半點自卑，反倒是有種魔性的自信心，每天衣服不重樣，怎麼性感怎麼來，去海邊她最先穿著比基尼在沙灘上狂奔。她的字典裡沒有「陌生人」三個字，永遠自來熟，吃個飯喝個酒，都能與鄰桌的人打成一片。以韓國組合Super Junior裡的金希澈為最高信仰，比誰都篤信，未來一定會有一個這樣的歐巴駕著七彩祥雲或

者寶馬賓士來娶她。

深公子有兩個事蹟讓我印象頗深，一個是有次她在高峰時段的地鐵上，被擠到一個小夥子面前，那人盯著她肚子打量了一眼，立刻起身讓座。一般的胖子絕對認為這是種侮辱，而深公子一手捂著肚子一手撐著腰坐下，淡定地說了句，年輕人謝謝啊，然後舒服地在地鐵座上睡大覺。另一個是因為她畢竟體型出眾，每每出去玩都會成為我們拍黑照的主角，我還給她做了表情包，沒事就在公司群裡開玩笑。有次我見她在朋友圈發了個哭泣的表情，以為是傷到她，特意私聊跟她道歉，結果她發來一連串哈哈哈，說她哭是因為Super Junior出了新輯回歸。

她怪我太不瞭解她，說這麼多年，心早已變成最強的肌肉，不是她不想瘦，而是瘦不下去。改變不了的事，只能接受，模特兒有模特兒的活法，演員有演員的活法，胖子也有胖子的活法，每個人都有自己美好的一面，我不知道我最好的那一面在哪，我只知道現在這樣的自己挺快樂。

深公子是北京人，家裡條件不錯，坐擁豐台區兩套房產，父母也寵她，但她比同齡人獨立，工作經驗異常豐富，高中畢業給某飲料做夏日促銷，大三去了騰訊時尚頻道實習，做過H&M的銷售，最不可思議的是還在滑雪場做過服務員。

她前任就是在滑雪場認識的，前任滑雪的時候扭傷了腳踝，摔倒在半山坡上，想打電話求助不巧愛瘋因為室外溫度過低自動關機，最後還是眼尖的深公子及時幫了他。事後那前任竟然開啟猛烈追求攻勢，正中缺愛的深公子下懷，很快跟他確定了關係，可沒過幾天，前任露出渣男本色。直截了當地跟深公子說，跟她在一起不過是想湊合體驗一把重量級的。深公

不要因为别人的言论就否定自己。
不在乎你的人，根本不必讨好，
在他们眼里，你没那么重要

子意外平靜，帶著一抹溫婉可人的笑，對那渣男只說了一句話，任何事情都不要將就，尤其是愛情。

我們都以為深公子會趁著一個月黑風高夜把那渣男堵在牆角，讓其自行了斷，不見點血都不足以平民憤。結果她隻身打飛的去了香格里拉散心，每天跟一隻貓住在一起，其間還認識一個小和尚，那個小和尚最多十四五歲，但張口閉口都是成人哲學，深公子起初還本著一顆找人消遣心，後來乾脆跟他一起打坐冥想。

她跟小和尚講極品前任，講這些年受過的委屈，以及藏在心裡的苦，小和尚特別機靈，非讓深公子叫他師父才肯為她解惑。

她親愛的師父說，永遠不要為了讓別人同情你、認可你，而說你做過的事數你吃過的苦，那樣一點都不酷，只會讓別人覺得你大驚小怪，因為你不知道，世人皆苦。

告別了師父和客棧的貓，深公子如受佛法鍍身，自帶光芒回到北京，目測好像瘦了不少，只可惜那幾天霧霾重了點，吃得稍微多了點，很快把她打回原形，權當一切都沒發生過。

在之後要面對的生活面前，那一點小坎坷根本太細碎，優秀的標準太

私人，愛你所愛，選你所選，做你所做，不為討好任何人而存在著。

有一次我們在電梯上，有個滿頭大汗的胖子男踩進來超了重，堵在門口的一位整容女嚷嚷著這麼胖就不要往裡擠了，門都關不上。但其實裡面還有空間，整容女只需往裡走走，說不定就沒事了。胖子男一看就是個啞炮，大氣不敢出一下，默默退了出去。當時深公子把拎包遞給我，上前擠開整容女，把胖子男直接拉了進來，然後朝那女的說，或許你出去，我們這門也可以關上。

接下來是來自兩個女性嘴皮子的巔峰對決。

想起深公子說她高中被班上的同學排擠欺負，同桌每天都給她起各種外號，她終於忍不了，拿了把小刀摔在他桌上，喊了一聲，你若是真那麼討厭我不如戳我一刀吧。那男生立刻嚇傻了，從此再也沒嘲笑過她。

看過很多又美麗又酷的女人，像是在《史密斯任務》裡冒著槍林彈雨保護自己男人的安潔莉娜·裘莉，像《哈利·波特》裡總能在哈利和榮恩需要時挺身而出，帶著堅毅的眼神念出一段流利咒語的妙麗，像是《萬物生長》裡的范冰冰，愛你時風情萬種，離開時也能保持一身子然。像四十九歲唱搖滾走音的張曼玉，兩手插袋說，我看到了說我走音的報導，我就在百度搜尋如何幫助自己不走音，但找不到，所以我今晚也是一樣會唱到走音，我很高興能實現自己的夢想。

看著昂首挺胸為胖子正名的深公子，那一刻我真的覺得她太酷了，而且非常漂亮。

金牛座的她在生日這天更新了一條朋友圈：我愛自己的每一寸肌膚跟贅肉，我與自己和解，我不再是另一個拚命想要逃離的怪物，我會是一匹

被馴化的、溫柔的、可與我並肩作戰的駿馬，我相信自己值得被愛。

不知她上哪找來了這麼高階的人生感悟，但我無比相信，結局定能如她所願，一生幸福。

我們每個人其實都是平凡的，可能笨了一點，長相普通一點，要成為那些閃閃發亮的人，機率確實渺茫。包括我自己，難免會有不自信的時候，這是人類設定初始都有的情緒。可當這個世界並沒有對你溫柔以待時，反而要有種視死如歸的硬氣，看清自己的優勢和短處，在不長的生命裡做好自己的主角，活得舒服。

不要因為別人的言論就否定自己，不在乎你的人，根本不必討好，在他們眼裡，你沒那麼重要。如果你把嘲笑和奚落當做人生這場惡戰的敵人，那就相信自己身負鋼鐵盔甲背後千軍萬馬，怕什麼，前面等你的或許是善意的嘉獎。

請接受你現在的樣子，同時也完善你現在的樣子。運動讓你更有氣質，讀書讓你看見未見過的世界，穿衣打扮讓你對每天都有期待，不需要成為別人嘴裡的那個人，只願自己在摩肩接踵的人群裡，不會因為平凡而感到心慌，心裡有底氣，這個世界上不會再有第二個我了。

知乎上有一個提問，關於擰不開瓶蓋的那些女孩後來都怎樣了。

下面有一個很好玩的回答：渴死了，被自然選擇淘汰了。

我一度認為那是深公子的回答。

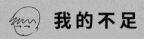 **我的不足**

快彌補好了的

想彌補卻一直彌補不了的

別人一直強迫我彌補的

打死也不想彌補的

18

人使金錢
變得萬能

前陣子回答了一個專欄問題，比金錢更重要的是什麼？

活了二十多年，見識過高山流水，片面懂得什麼是真的快樂，會有覺得時間不夠用的時候，也感嘆過人要擁有健康才禁得起後半輩子的福報，因此覺得，比金錢更重要的是……很多金錢。

我不是一個視錢財如命的人，但現階段仍覺得金錢是最可靠且摸得著的東西，而且隨著欲望不斷升級，對錢的需求用蔡健雅的一首〈無底洞〉可以高度概括。

我有個志同道合的朋友，在錢方面特別大方，每次出來聚餐他搶單的方式都令人咋舌，正常人想方設法逃單，最多默契AA，但他總會在恰到好處的節點掏出信用卡，並且身上永遠有現金，姑且叫他搶單先生。

搶單先生是廣告配音員，標準暖男範本，五官感人身高驚人聲音撩人，可他並不是有錢人。這麼多年還是跟朋友擠在五環外的一個小兩居裡，除了去棚裡錄音，閒暇時間就在家做廣播劇賺外快。他爸媽是做塗料生意的，中學前還算個沒煩惱的富二代，結果因為媽媽的出軌，讓兩位中年人步入無休止的戰場，沒心思營生，導致原本整個華北片區的生意逐年銳減。兩人離婚的時候，他爸淨身出戶，親戚都說他孬，只有搶單先生知道，他爸狠不下心，因為愛就會卑劣。

媽媽再嫁後幾近陌生，從此搶單先生都跟著他爸。這些年他爸都再無二婚的打算，一直單著，靠之前僅剩的資本和積攢的人脈勉強養老。搶單先生經歷這一役，對錢變得格外敏感，高中時就做好未來五年賺錢計畫，因為從小愛動漫，大一開了一個CV社團，專門做廣播劇在網上傳播。其間還兼職做過電器銷售，當過五毛水軍，還去必勝客賣過披薩。畢業後因為

幫聯通廣告配音，聲音太性感被前輩挖去成了廣告配音員，只是這個行業算不上夕陽但也屬於邊角，入行先吃三年蘿蔔乾飯，出名的配音員翻來覆去就那麼幾個，儘管國家每年都說要大力扶持，但一直提不上日程。

搶單先生說，自己機遇一直不錯，只是前半生老天給他開的玩笑太大，雖然生活如同買家秀和賣家秀差距驚人，但仍然堅持篳路藍縷地朝人生目標一步步邁進，要永遠活得像個有錢人。

對於他的搶單哲學，我一直很疑惑，為什麼已經不是富二代，還老是打腫臉充胖子。他說，大家太熟了，不需要充胖子，你們早知道我實際斤兩了。只是覺得飯錢不貴，跟你們在一起，兩個字，值得。如果我沒這個能力了，腦袋撞壞也不會搶著埋單。

聽著還挺生動。

他曾經給我總結了三點致富經。第一，錢不是省出來的，而是花出來的，很多喜歡省錢的人不懂生活，其實每次花錢的時候，會潛意識提醒自己要加倍努力。第二，賺錢這件事沒有方法論，沒有誰是可以套用別人的成功學。只能自己在踏實工作的同時提高技能，因為技能的改變，可以影響環境，當踩到更高的臺階時，就能吸引相對應的能量，帶來新的財運。第三，可以找個富婆，直接省略前面兩步。

我用一個真摯的白眼送給他，不過花錢這點倒是真的。我一直信奉能量守恆，東西存不住，只要有捨才有得，不是說沒有目的去浪費，而是在計畫內合理滿足自己的欲望。人的時間成本太高，這個節點想要的東西，看似無足輕重，但擁有以後或許能節約更多時間為下一段人生帶去驚喜。就像你為了省錢不買的那條裙子，等到今後有了錢再穿，年紀已經不合適

了。這個世界上什麼都會過期，時間不是你放進冰箱和罐頭就能保鮮的東西，它只能被當下的你握緊。

去年冬天的時候，搶單先生接了個私活，為一部地面頻道的電視劇配音。本以為一隻腳跨進了影視行業，但最後除了微薄的報酬外還是與過往無異。在一個劇組，即便是個茶水工，在最後的演職員表中都有名字，而配音員沒有。

晚上他叫我們幾個朋友出來，這次難得地沒有搶單，還多點了瓶很貴的白葡萄酒。整晚他話不多，偶爾聽我們聊天給點反應，大部分時間都在一個人喝酒吃肉。結束後我們街道兩邊打車，我見他站在對面，整個人縮在厚實的羽絨服裡，不住地搓著手，朝手心吹氣。惻隱心一起，我鼻子有點泛酸，也不知道哪來的勇氣，朝對面大吼，我們以後都會很牛×的。

只怪當時按喇叭的車太多，也不知道他聽見沒有。

　　很多人也常把錢掛嘴邊，但搶單先生跟他們不一樣，雖然必須承認也是大俗人一個，見錢眼開，但於他而言，來不及比錢少更讓他感到恐慌。

　　很多人說金錢買不到時間，但其實沒錢的時候，我們最會花時間，花時間用最省錢的交通工具旅行，花時間為幾塊錢的事跟別人討價還價，花時間憤恨為什麼世界存在不公平，而自己潛意識又想變成上帝偏袒的那方。

　　如果有錢，可以省去很多用掉的時間。

　　搶單先生有一個談了三年的女友，舞蹈學院畢業，我幾年前認識搶單先生的時候他們剛好分手，女友受不了他一個大男人對錢這麼執迷，做任何事都講求計畫，三觀不同，再在一起也是浪費時間，她他從此無關。

一段長久的感情沒有人會平空無理取鬧，搶單先生需要財務自由，而女友可能只需要一個簡單的擁抱。但就像搶單先生後來說的，他一直都在努力給她更好的生活，只是過程很辛苦，以至於她忘了，其實每天都會擁抱。

　　比金錢更重要的是什麼？健康、快樂、愛情、自由？很不幸，這些東西都是建立在經濟基礎上，它們最多只能說跟金錢同樣重要。滿足了經濟基礎，確實能帶來無限的自信，機會，相對意義上的自由，不一樣的愛情，更好的健康。你可以否認，那是因為你還在成為有錢人的路上。

　　生而為人最悲慘的，就是我們必須接受社會強加的這個飄著銅臭味的交換法則，但很慶幸地，我們因此而活得有目標，能在犯選擇恐懼症的時候，有兩者都要的魄力，也在未來有人離開你時，拿出一個人也可以很好的勇氣。

　　有次我跟搶單先生吃火鍋，雖然我比他年紀小，但被他幾次搶單後也覺得面皮薄，於是專門趁上廁所的空檔去埋單，結果服務員說他進門的時候已經把信用卡放櫃檯上了。

　　沒見過還有比他更迫不及待花錢的人了，但我知道，他一定又為繼續蟬聯搶單冠軍，朝自己夢想的那種人更近了一步。

　　愛錢並不可怕，坦坦蕩蕩，光明磊落，它不是一個什麼見不得人的事情。關鍵是要知道，如何努力才能獲取它，把那些冷冰冰的數字變成屬於你自己的財富。

　　因為，人使錢變得「萬能」。

　　願你接下來的日子，做每一件事都有實在的收穫，沒什麼優點，就是有錢。

第一次下厨，
唯有美食与爱不可辜负

毕业歌唱起的那天
你牵着的朋友，
说好要一辈子不分离

櫻桃

no. G

第一次懷孕，
感受第二顆心臟跳動，
所謂人生，得以完整…

每個女生最重要的 ⑨ 個時刻

婚礼那天,
终于可以把那么多年
疼爱的自己放心
交给到人了...

願你生活順意
有人疼有人懂
不再孤單

第一次穿高跟鞋，
與青春告別，
對成人世界的精彩向好
...

19

旅行
不過是取決於
遇見誰

有這樣一種平凡的男人，長相不出眾，才氣不亮眼，沒經過什麼大風浪，畢業後就有一份穩定的事業單位工作。生活娛樂乏味單調，沒有人會關注他，永遠隨波逐流。

　　路痴先生原本是這樣的人。

　　他在二十七歲時遇見他的今生摯愛，女方是蘇州人，長髮及腰，說話聲像是吃了蜜糖，因為擔心路痴先生丟到外面回不了家，索性嫁給了他。當時沒人祝福他們這段婚姻，但沒想到兩口子把往後的日子過得格外甜蜜。

　　結婚後路痴先生的隱藏技能被開啟，雖然分不清方向，但特別會制定旅行攻略，終於在訂機票酒店規劃路線上有了其他男人沒有的閃光點，為此成了朋友的旅遊顧問，還讓他們夫妻倆把旅行視作了終身愛好。

　　他們沒買婚房沒有生子打算，除了維持生活的日常開銷，把錢都存下來做為旅行基金，每年去兩個國家。說來也浪漫，他們旅行沒有目的地，地球儀一轉，手指到哪裡去哪裡。

　　他們第一次出國是去馬爾代夫，加上轉機三十多個小時的飛行，坐在他們前面的是一個外國中年男，從飛機平飛後就不停找空服員要酒喝，結果後來這哥們喝大了，開始唱起歌來，還要路痴先生和他老婆跟他一起跳舞。

　　當然空服員及時制止了他們，但也打開了路痴先生的新世界大門，身邊的朋友都木訥老實，原來這些老外真的像電影裡那樣隨性又開心。

　　他們第一個老外朋友是在法國南部的小城格拉斯認識的。當時為了省錢，夫妻倆住在當地的青年旅館，男女分開，房內有獨立衛浴。路痴先生的房間住著一個不愛說話的黑人和一個奧地利背包客，背包客倒是熱情洋溢，介紹自己叫Leo，環球旅行愛好者，一聽路痴先生是從中國來的，立

刻秀起拳腳功夫說是李小龍的粉絲。路痴先生用蹩腳的英語把自己制定的路線介紹給他，讓他感動不已，旅行結束前硬是塞給他一瓶當地出名的香水，說是有緣再見。

沒想到後來他們竟然真的在瑞士相遇。那天路痴先生剛穿好滑翔傘裝備，遠遠就聽見有人在喊他的名字，定睛一看，Leo帶著一聲叫喚跟著教練衝出了崖邊。

世界終究是太小。

瑞士的消費驚人，路痴先生跟他老婆吃個三明治都要好幾百人民幣。好在不差錢的Leo解救他們，帶他們去朋友家蹭住，喝紅酒吃烤雞，開著一輛跑車載著他倆兜風。當時正值瑞士的冬天，積雪漫過小腿肚子，他們飆著車，路痴先生哆嗦地把老婆拉起來，站在座位上接受風雪洗禮，一路大叫「So cool」。

那個時候路痴先生認定，一定是過去萎靡的生活讓老天都看不下去，才派他老婆來拯救他，好讓自己選擇出發。如若繼續滿足於自己的象牙塔，那一輩子都不會知道，原來這個世界上真有這麼一群人在過著你無法想像的生活，而只要踏出這一步，自己也可以過得無比斑斕。這一切，完全取決於自己的選擇和態度。

當然他們的旅行也不是沒有被潑過冷水。有一次去泰國正巧趕上政變，當地人集體抗議，圍著四面佛主幹道的一整條街都搭滿了帳篷，人們就在裡面靜坐，甚至還搭建了舞臺，時不時有人在上面唱歌演講，場面十分混亂。

已經作好完美計畫的路痴先生不信邪，非要趕著這個時候湊熱鬧走

完景點，不幸最後迷了路，大晚上又打不到車，退而求其次坐了個TUTU車，結果被車主拿著小刀勒索。

錢損失一點事小，倒是讓路痴先生和他老婆徹底吵了一架，老婆開始翻起舊帳，當頭給這個好不容易燃起點信心的男人一盆冷水，路痴先生一時間沒忍住脾氣，說了些不好聽的話，泰國行狼狽告終，甚至讓他們的婚姻都面臨危機。

接下來幾個月兩人都不待見對方，雙人床背對背各睡一頭，互相等著看是誰先主動示好。好在年初就計畫好的美國行悄然而至，成功讓兩人破冰，大美利堅的魅力把他們送上了飛往舊金山的班機。

路痴先生在民宿網上訂了一個中歐氣質的小別墅，房東是個儒雅的男士，一進門就跟他們說不要客氣，當成是自己家。這家有一股特別的檀木香味，客廳放著精緻的皮椅，桌上擺著的都是他跟另一位男士的合影。房東說這是他的愛人，因為做房產經紀，時常不在家，兩人聚少離多，一有時間就去各地旅行。他們在一起已經快二十年，旅行最能看清對方是個什麼樣的人，走了再遠再多的地方都不重要，只要他在身邊就好。

說來慚愧，路痴先生自責不已，計畫了將來那麼多路線，卻沒計畫好現在該怎麼走，看見了外面的世界，卻忽略了身邊的世界。

　　舊金山的黃昏，萬事萬物都陷入一抹愜意的金色裡，路痴先生迎著落日開車，車裡放著Maroon 5的Beautiful Goodbye，動情時他騰出一隻手緊緊抓住老婆，他老婆則把另一隻手放上來無聲回應。

　　那一刻，他覺得曾經篤定是正確的東西，其實未必是對的，曾經特別重要的事情，也沒有想像中那樣重要。從此他不再作完美無缺的計畫，不再讓每次旅行變成一場暴走的戰役，而是到了當地查查旅行軟體，憑著心情喜好選擇去向。

　　有一次他們在離開大理前，空了半天時間，於是決定再去鎮裡逛逛。路經一家青年旅社時，看見店主貼的孤兒學校支教志願者招募，出於好奇便進去打聽細節。店主叫燕姐，本是廣州知名的生意人，婚姻失敗後就來大理開了青年旅社，後來因機緣接濟了當地的孤兒，對這些孩子的感情一氾濫，便花光所有積蓄辦起一所孤兒學校。

　　他們聽著燕姐抹著淚講那些孤兒的遭遇，當即作了個決定，第二年的兩次假期都來大理支教。跟孩子的相處改變了他們，二〇一〇年年中，路痴先生終於做了爸爸，家裡的財政支出全部偏向這個小生命，他們的旅行目的地由地球儀換成了中國地圖，走不遠，因為一出門就想回家。

　　接下來的五年裡，他們帶著小兒子一起去過很多地方，在烏鎮的河邊放花燈，在香港的迪士尼裡學巴斯光年對兒子大喊，「To infinity and beyond！」在新加坡的夜間動物園與獨角犀親密接觸。對他們而言，旅行有了更重要的意義。

誰都會談旅行，而我們大部分人的旅行，都拘泥於一張調色後的風景照和頂級美顏效果的自拍，匆匆來去，不過換一個地方睡覺吃飯聊天。有時候，或許真正的旅行，是給過去的自己一個遲到的儀式，讓你暫時放下自己，不再糾結於生活中的細碎，與那些與你無關的娛樂八卦、無聊乏味的家長裡短告別，去做你想做的事，成為你想成為的人。

電影《星際效應》上映後，我曾看過一篇文章，講地球在宇宙中的位置，而我們人類對於宇宙而言又意味著什麼，意味著你身體裡每天都在更新換代的細胞，和你早晨鋪開被褥之後揚起的灰塵。人類太弱小太渺茫，在宇宙的時間長河裡，我們不過百年的一生又有什麼意義。

我們畢竟是普通人，要究其最終意義沒人能說得清，唯有安分地做著普通的事，努力賺錢，用力生活，不斷走出去，看看外面的世界。總有一天，無論你在哪，也都能照顧好自己，那這一生也不算白活過。

或許城市與城市間本身無異，但人與人卻有千差萬別，與某人相愛，跟誰結緣，在下一站又因為誰開啟新的人生，旅行是生活行走的一個狀態，而生活其實取決於遇見誰。

路痴先生在二十七歲那年，初到南京，在KTV陪客戶唱歌，出來上了個廁所的工夫就迷了路，找不到自己的包廂。途中第一次遇見他老婆，便問她，115號房間怎麼走，他老婆說她在114，於是告訴他，左轉直走第二個路口再右轉，左手邊就能看見。看著路痴先生迷惑的樣子，她搖搖頭說：「等我一下，我帶你回去吧。」

那時她一定不會想到，走了漫漫長路，他們最後回了家。

I wanna go ...

- ☐ Afghanistan
- ☐ Australia
- ☐ Brazil
- ☐ Belgium
- ☐ Canada
- ☐ China
- ☐ Cuba
- ☐ Egypt
- ☐ France

- ☐ Greece
- ☐ Hungary
- ☐ Iceland
- ☐ Japan
- ☐ Korea
- ☐ Sri Lanka
- ☐
- ☐
- ☐

with _____

20

忘 了
去 記 得

你身邊一定有這樣一個「賤人」，生命力頑強，爆發力驚人，目標明確，關鍵是還聰明，靠一張損嘴打遍天下無敵手，渾身帶刺，儘管多數時候讓人恨得牙癢癢，但你必須承認特別喜歡她。

　　當傻白甜們把那種軟綿綿的脾性凸顯得格外昭彰，賤人的人格魅力在眾人中就變得萬分討喜。

　　討喜的仙人掌小姐近幾年的人生要義就是減肥，原因是因為想跟她結婚九年的老公補拍婚紗照以及補辦酒席，但每每臨近拍照的時候，要麼是減掉的肉成功反彈，要麼就是又跟老公吵了撼天動地的一架。

　　認識仙人掌小姐是在去年，我在上海領報喜鳥新銳藝術人物文學類大獎時，她是活動公關那邊的。略圓潤的身材套著一身服貼的復古西裝，手拎著細高跟整晚光腳忙碌著，印象頗深。

　　典禮結束之後，我們在凱旋路附近的一個小酒館喝慶功酒，她滿腳貼著OK繃，散了架般陷在軟皮沙發裡，聽我在準備新書，便借著酒勁跟我講她跟老張的故事。

　　老張是她大學老師的朋友，大她八歲，一枚鬍茬胸肌齊全，顏值才華兼備的樂隊貝斯手。仙人掌小姐從小愛音樂，中學就玩吉他自己寫歌了，大學時成了攝影發燒友，經常幫她老師的音樂工作室拍紀錄片。有次拍了一個當地非常出名的樂隊，被其中的貝斯手也就是她未來老公看上了，成天學校門口攔，電話短訊圍堵。孤傲的仙人掌小姐不為所動，但幾次音樂上的互動後，讓兩人碰了碰靈魂，倒也成了朋友。

　　仙人掌小姐畢業後的第一份工作是在一家音樂公司做彩鈴版權。初到上海那晚，她就把錢包貢獻給大巴上的小偷了，除了左手一把吉他右手一

　　臺合成器外身無分文，最坑爹的是老款諾基亞適時沒電關機。走投無路的時候她顛了顛背後的吉他，一咬牙直接在路邊賣起唱。只可惜那時的她染著一頭白髮，一身中性皮衣，妝容又無比到位，路人都以為是行為藝術沒人肯給錢，最後還是三個高中生一起湊了十塊錢買了個萬能充給她。

　　她感激涕零地給手機充了幾格電，分別發了求救短訊給她老師和老張，老張沒理她，老師倒是實誠地說剛好他也在上海，讓仙人掌小姐搭個計程車去找他，後來聽說老師不但付了計程車錢，請她吃了晚餐，還塞給她一千塊錢應急，三十多歲的單身熟男散發著超五星的男性荷爾蒙。

　　然後仙人掌小姐跟老張好了。

好像故事有點走偏了，但現實就是這麼意外。後來仙人掌小姐問過老張，那天為什麼沒回她短訊，他說，你自己看看你發的什麼。她去發件箱一看，「海」字打成「我」——你在上我嗎。

那時老張的樂隊剛出了專輯，非要讓仙人掌小姐品鑒，她半推半就地把耳機塞進一隻耳朵，沒想到越聽越上癮，甚至連老張隨即送來的吻都覺得好舒服。因為這張專輯他們戀愛了，只是他倆沒挑好日子，那天剛好是中元節。

從此週年紀念都在鬼節，非常符合二位氣質，只是當時的他們並不知道，會彼此鬼吼鬼叫地一起生活九年。

前三年仙人掌小姐就跟老張的各種前女友鬥智鬥勇，加之年輕時看待愛情太幼稚，稍微有點風吹草動就會跟老張吵架。當時老張給一個過氣歌手伴奏，被她知道他們以前好過以後，又一次世界大戰爆發，仙人掌小姐甚至一激動掄起客廳的富貴竹就朝牆上砸，還好沒砸中人，但把老張怒氣值拉到頂峰，動手推了她一把，她沒站穩跌到地上。

仙人掌小姐盤腿坐在地上不起，直接打了一一〇告老張家暴。最後警察真的上

門了，瞭解情況後把他倆請去警局做筆錄。一路上那個警察就不停念叨老張，說老婆是用來疼的，你也真是夠本事，能把老婆氣到報警。仙人掌小姐全程得意，得意到一進警局看到這架式就慫了，筆錄還沒開始做，就主動跟老張講和回家解決。

諸如此類的吵架還有很多，最嚴重的一次，是有一年聖誕節，老張朋友組的局，沒想到其中有一個老張中學的初戀。整晚裝萌的初戀不顧仙人掌小姐那張忍無可忍的臉不停往老張身上蹭，終於仙人掌小姐仰頭解決一整杯威士忌，摔了杯子就抓著那初戀的臉，說親愛的你好可愛啊，然後把她的眼睫毛撕掉了。

此後就是沒休止的戰爭，仙人掌小姐說她這破日子受夠了，下樓買個菜都能遇到他某個前女友。老張則嫌棄她的刺蝟病，誰沒有個過去呢，最後目的地是她不就得了。

仙人掌小姐鬧分居，叫她倆閨蜜上他們家打包行李，老張也沒攔著，自顧自玩著他那破貝斯，臨出門前仙人掌小姐想告個別，但見他如此一無是處，想了想又作罷，反正他們肯定完了。

那段時間仙人掌小姐借宿在閨蜜家裡，天天看《鬼吹燈》治癒失戀，還自己彈吉他，錄了首戴佩妮的〈怎樣〉掛在網上，此意當做紀念。閨蜜家在一樓，她的房間外面有個小花臺，有天在拉屎的時候閨蜜突然敲門，說老張從花臺翻進來了，她嚇得蹲在馬桶上用手機指揮作戰，讓閨蜜一定要把他趕走。最後蹲到腿麻，扶著牆出來，看著自己的空房間悵然若失，怨老張沒用，那麼容易一趕就走。

當晚下了一場雨，第二天一早仙人掌小姐拉開窗簾，老張眼睛通紅地

趴在窗臺邊。

仙人掌小姐終於忍不住，沒哭，開窗大罵了他一頓。

兩人和好後仙人掌小姐去拜訪了一位大師，大師說女人嫁給男人，能讓男人的正財落位，穩定事業增進感情。於是她回家就輕描淡寫地說，老公，我給你開運，去領證吧。在老張一無所有的時候，仙人掌小姐嫁給了他，提前進入裸婚時代。

結婚就像放了個屁一樣隨意，這還得仰仗仙人掌小姐有一對開明的爸媽。尤其是她爸，對女兒採取放養政策，但又非常在意小節，要求仙人掌小姐不管在外面如何邋遢回家見他們二老必須妝髮到位，把自己打扮成巨星，不然準挨罵。這位潮爸曾說過，沒有什麼賣女兒，我也不開條件，你跟阿貓阿狗結了婚還是我女兒，開心就在一起，不開心就離婚。

兩人結婚後，老張事業果真好轉，就連惱人的前女友也沒再來他們的世界閒晃。二○一○年的上海世博會徵集歌曲，老張的樂隊獲得了「最佳樂隊」。第二天仙人掌小姐和樂隊的人自駕旅行，經過太湖的時候，老張帶頭脫個精光跳到湖裡，樂隊剩下的三人迅速跟上，仙人掌小姐就在岸邊邊笑邊拍影片記錄。最後留下了一張特別美好的照片，掛在他們上海的新家客廳裡避邪：樂隊每人拿著書啊草的擋著重要部位，仙人掌小姐站在他們中間扠著腰無比神氣。

後來這幾年，兩位藝術家仍然開著爭吵模式相處，會因為鞋架如何擺這種事小吵，吵大了老張就保持緘默，說大家在氣頭上最好別講不合適的話，後來有次老張氣得站在二十七樓的窗邊，仙人掌小姐想去拉他，結果力氣沒用對給拉脫臼了，自己默默去醫院接骨。兩人看似惡劣得要命，但

他的意思是不走，你就的意思陪一輩子

the
BRAVEST
of
you

只有他們知道彼此的重要，就像有一天仙人掌小姐習慣給老張做早餐的時候，才想起昨天還在吵架。那時她挺想嘲笑自己的，對這個世界可以心大到漏風，但對老張就永遠跟小孩子般小心眼。

也就對他一個人小心眼。

兩人婚姻走到第七個年頭的時候，仙人掌小姐纖瘦的身材走了樣，巔峰時飆到一百六十斤，還特別愛吃烤五花肉，也是後來一次體檢，查出她的心肝脾肺腎都有問題，才狠下心減肥。老張看著她油膩膩的樣子，默默說，當時跟你在一起的時候不知道你變這樣，能退貨嗎？仙人掌小姐睜著眼問，你試試看？老張不懷好意地笑，末了，輕聲說了句，老婆，我們找個時間拍個婚紗，再補給你一場婚禮吧。瞎矯情什麼啊，仙人掌小姐翻了個身，眼睛立刻就濕了。

從此健身房去得更勤快了。

故事到這裡，我問仙人掌小姐，在一起九年，那麼多次想分手鬧離婚的，就沒想過重新找一個？她說，難死了，應該再也找不到一個能在他面前打嗝放屁磨牙裸奔都無所謂還很舒服的人了，這九年每次吵架反而多瞭

解對方一點，讓我知道溝通有多麼重要。跟他在一起，我變得更淡然了，他從沒要求我改變，但是潛移默化地卻改變了我，這麼多年，謝謝他抱過我，帶走我的刺，才成全了最好的我。

當時網上流行一個劃名字的遊戲，寫下你生命中最重要的十個人名，然後一個個劃去，最後只能留一個。當時潮爸毫不猶豫地對仙人掌小姐說，最後剩你跟你媽的話，我一定留下你媽，你媽是我的終身伴侶，這是我倆的世界，你也該有你自己的終身伴侶，他好意思不走，你就好意思陪一輩子。

人都不完美，一輩子又那麼長，兩個人如果還在一起，就要允許犯錯，也要學會適當原諒，和一個人的優點談戀愛，和一個人的缺點生活。

其實人都挺賤的，喜歡選擇不好的東西讓記憶刻骨銘心。今天記得的都是將來回憶的，有時候忘了兩個人爭吵的模樣，忘了是誰每次無理取鬧，忘了所有愛情裡不必要的斤斤計較，記得美好，會比較快樂。

最近一次見仙人掌小姐，也是在上海，比我去年見她要瘦了些，頭髮染成綠色，戴著一頂黑色大禮帽，還是那副不可一世的樣子。談話間我印象最深的一句，她說你知道嗎，分居那次我唱的那首〈怎樣〉，老張後來偷偷錄了和聲，他的聲音，真他媽好聽。

当你看不到的未来，
都成了你经历过的云淡风轻⋯

最好的生活是，
有人愛有事做，
剩下那點不快樂，
可以自己治癒好。

迴紋針
. . . .

no.10

只要能在這活着，
隨心所欲的生活，
那怕一天而已，
卻是目前为此最大的…

梦想不大，道路很长
开始了就别停下……

爱情不是承诺，不是妥协
而是陪伴，且行且珍惜……

无论是一个人还是有人
陪伴，
都要让自己和身边的人
获得快乐…

没有那么多过不去的事，
只有一颗不愿意度过的
为自己，努力一把…

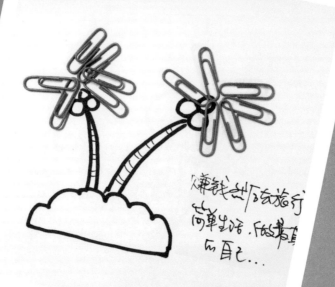

賺錢去旅行
簡單生活，做真實
的自己…

想得太多不如
簡單去做，
不知道自己往哪走，
就走現在可以走的路…

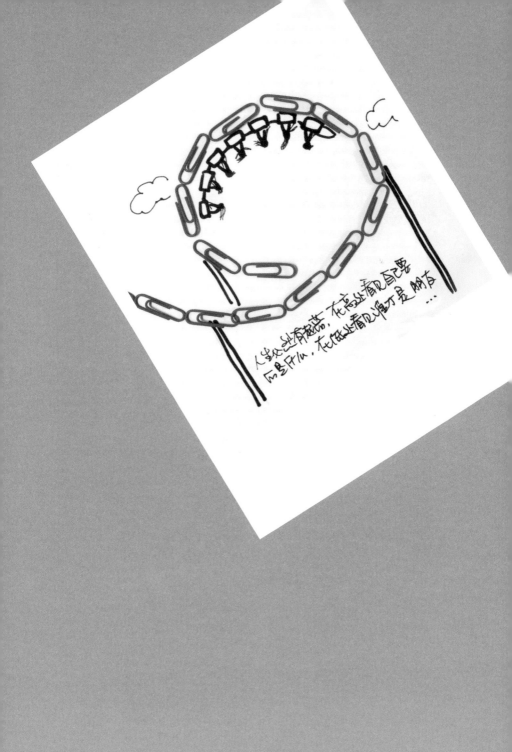

21

只有自己會

永遠

陪著自己

我以前是個胖子。

還是個內向的胖子，所以從小到大都是被欺負的命，跟那些青春片裡的橋段無異，無非是被鎖在廁所裡，作業本被藏起來，桌椅上被塗滿502膠。再過分一點就是心理上的，體育差每次投籃球或者接力賽都會被嘲笑，變聲期聲音稍微細點就被罵娘炮，抑或是默默躲在角落演著路人甲無人搭理。

童年時光沒什麼值得炫耀的回憶倒是真的，但也一點不耽誤我成為一個活在自己世界裡自得其樂的人。

初中受《聖鬥士星矢》影響，上課屏蔽老師，把作業本都用來寫小說和同人文，為此唯一值得驕傲的就是作文經常被當做範本來念，只是因為文風詭異，如若被其他班的語文老師閱卷，常會落得偏題的下場。我從小還喜歡畫畫，沒事兒就用鉛筆在課桌上畫星矢，天馬流星拳那法術效果嗖嗖的，畫滿了就擦掉再來。那會兒沒日沒夜地幹著缺腦的事，也只有我自己清楚，外面的世界再熱鬧也與我無關，我是要守護雅典娜的男人。

好在上大學時上帝給我開了扇門臉不錯的窗，半學期自然瘦成了五官還算對得起祖國的小「鹹」肉。班上有女生追我，回到寢室還有兄弟捧我，第一次當上人生男一號，每天都拚命開心。直到自甘墮落到一場無疾而終的暗戀裡，才稍微收斂了銳氣，靠年少時積攢的一點文筆為賦新詞強說愁，體會了一陣子肝腸寸斷。

但我這肝啊腸的不爭氣，沒斷多久就痊癒了，因為時間真的太可惡，轉瞬就到畢業，所有人忙著工作歸屬沒空悲傷。恰好當時有出書的機會，我便帶著滿身單細胞拎著箱子就去了北京，一下飛機聽著大帝都人民的兒

化音倍感親切，在毫無南北方過渡的情況下，我在北京一漂就是三年。

　　沒有誰是不曾經歷困苦就一夜成熟的，很多人畢業後都留在家鄉提前進入養老模式，於我而言去大城市的原因不過是從小被欺負慣了想換個環境而已，只是換得稍微有點狠，剛到北京那一年確實不好過。在我和我爸媽的價值觀裡，幾百塊錢可以租到很好的房子，但在北京最多就只能租一間次臥……的一半。我又死要面子逞強自己過得很好，嘴上跟他們說著足夠了，身體上都是靠我給各種雜誌社投稿來勉強生活。

　　也是這一年，我去過私人軟體公司當銷售，每天打幾十個電話推銷他們抓數據的產品，後來又有幸去了某國企單位給他們運營官微，跟一群不說話的程序猿一起吃喝拉撒。二○一二年倫敦奧運會，劉翔退賽震驚全國，我寫了一條為飛人加油的官微結果被頂上熱門微博，粉絲數瘋長，我震驚了整個部門。但因為氣氛實在不搭，我還是提了離職，美女上司請我在三里屯附近的高檔素食餐廳吃飯，大意是想留我，但具體說了什麼我忘了，因為整晚我注意力都放在桌上那個立著一棵芭蕉樹的盛菜器皿上了，要知道上面不過放了幾片蘑菇。

　　有錢人的世界我實在不太懂，至少當時對於出了兩本書都仍然窮到捉襟見肘的我來說，這些與人打交道的繁瑣事，不是我擅長。

　　從國企離職後，我跟朋友一起做了宣傳公司，三年下來公司在業內也小有聲譽。直到今年，有幸翻身成了暢銷書作家，還靠當年課桌上那一點塗鴉練筆變成了半個插畫師，最關鍵的是在微博上竟也有了話語權。儘管後來「心靈雞湯」很委屈地變成了貶義詞，但我仍然覺得能為別人打雞血的東西，都值得歌頌，哪怕看完只帶去了三分鐘熱度，但那三分鐘所做的

事情，可能會改變一個人的一生。

　　生活變得寬裕，生活方式反而越發趨於簡單，公司和家兩點一線，一有空就寫稿看書，晚上到時間再想想有什麼心情能在微博上分享的，因為我知道有人在等我。

　　如此循環往復。

　　前幾日去上海做活動，工作人員來接我，問起我的日常娛樂，我笑著說，沒有娛樂，上一次去KTV還是一年半以前。說出來我都覺得像是玩笑，但仔細想想也確實如此，身邊的朋友都比我大，早已過了營造熱鬧的年紀，平時也最多約上同社區的幾個朋友來家裡點個外賣，看場家庭影院，若是富餘的假期很多，就去旅行。我好像直接跳過了瘋狂的年紀，過得像個未老先衰的老頭子，但也跟當年的那個胖子一樣，永遠在自己的世界裡安閒自得。

　　可能因為是白羊座的關係，跟別人聊天常掏心掏肺，即便是媒體採訪，也能說得太直白把自己樂得四仰八叉，他們問我不可能永遠都這麼正能量，總有煩惱的時候吧，我挺篤定的，我說確實好像沒有什麼煩惱。當時他們用很懷疑的眼神看我，就像不相信我曾經胖過一樣。

　　小時候不懂事鬧過情緒，但越大越發現情緒不過是內心的怪獸，放出來除了給自己造成一片狼藉，並不會解決問題，還要花時間災後重建，而且後來的諸多經歷不過是一次次驗證了莫非定律，所有煩惱和害怕的東西一定會在某天不期而遇。

　　人因變化而不安，所以預料之外的所有事都會滋生恐慌，勇敢的人最多只能做到「接受」，很多人卻學不會「承受」，我處於二者之間，主動

給自己找事，也願意有一些突如其來被動的考驗。

比如有次在書店裡看到微博上互關的作者新書，結果翻到封底當場傻了眼，那句被標黑加粗的句子是我寫的。還看到插畫的創意被外國人山寨，結果反而有人跑來說我是抄襲，雖然心裡也是問了自己幾千個為什麼，但更多的不解後來還是成了創新的動力，暗下決心，要一直走在前面。

這兩年的兩本書成了熱點，喜歡和討論的人都有，人其實都很脆弱，很難接受負面評價，但我還是會常常找虐地去看那些差評，目的是為了讓自己免疫。垃圾書也好沒營養也罷，問候我祖宗爹媽的我也感激，反正我也不會改。誠意的建議對我來說是禮物，也讓我更珍惜每一份認同與鼓勵，放心大膽做自己。

微信朋友圈剛出來的時候，什麼都發，特別實誠地暴露自己，久了就覺得挺沒意思，面對這個私人的新聞聯播，大家都分享著想讓別人看到的那一面。我生病也想發個狀態抱怨一下，寫不出稿子也想罵句髒話，碰到難纏的客戶也想發一個小S翻白眼的表情，但每每編輯好準備按下發送的那一刻，就覺得特別無趣。何必呢，想讓別人知道你過得有多不好，還是想麻煩那些真的擔心你的人帶來勸慰和告誡，但那可能更會讓自己掉進煩上加煩的死循環。

有時候我就在想，這麼多年鮮有不快樂，很大一部分原因，是因為活得比較自我，倒不是說自私，而是比較專注自己，善於調適到讓自己舒服的狀態，不會影響晚上睡一個好覺和第二天睜眼的好心情。說到底，人之所以矯情悲傷，都是因為太閒了，你暗戀的人正用力愛別人，你羨慕的人往往比你更努力，你討厭的人也一直待在那裡，所以少看別人，多看自

己，學會充實自身，忙碌是最安心的快樂。

　　YouTube創始人陳士駿在自傳裡寫道：不管他們是住在有泳池的大房子裡，還是睡在公司的地板上，不管他們是在加州的草坪上喝著咖啡凝神靜思，還是在中關村擁擠的餐廳排著長隊，心裡卻對代碼念念不忘。反正，他們永遠會站在「無聊」的對立面，永遠那麼折騰，絕不會讓自己虛度光陰。

　　我想這就是我保持樂觀的要義吧，在沒人跟我玩的童年一刻不閒著施展著天馬流星拳，在一個人的北京擠在破爛民房和狹小的座位上忙著生存，在被很多人記得的現在也不覺有負擔而更要步履不停。

　　反正永遠別停下來。

　　我曾經說過一句話，其實一直陪著你的，是那個了不起的自己。這或許在外人看來只是個無關痛癢的口號，但對我而言，是我這麼多年最得瑟也是最溫柔的悟性。世界很亂，唯有自己最可靠，誰都會走，只有自己會永遠陪著自己。

　　無論有沒有人認同你，無論是不是三好學生，無論經歷是否優秀，無論有沒有人愛，無論長相美醜運氣好壞，自己都應是最堅定的。

　　所以，永遠不要看輕自己，不要給自己設定那麼多迷茫徬徨抑或是煩惱糾結，不要因為別人三言兩語就顛倒了自己的世界，也永遠不要放棄自己。

the
BRAVEST
of
you

the BRAVEST of you

吃下這片止痛藥

/楊楊

　　小張交稿的時候，北京入秋了，天氣微涼，是我心中這個城市最美的樣子，由綠色開始漸變成金黃，讓我想起去年北京簽售時讀者送的兩束金黃色大麥。大家也是實惠，送的假花，正好可以一直放在書架上，每次看到都會想起第一場簽售的緊張、興奮。

　　轉眼一年零六個月，這中間小張出了一本新書，從暖男作家變成了「張百萬」；我倆的微博粉絲總數也從幾十萬，馬上要突破三百萬了（是的，其中將近兩百萬都是張百萬的……）；然後，我去了一些新的城市「溜達」，手機攝影的工具從蘋果5升級到了6 Plus。一年多的時間裡，大概拍了兩萬多張照片，又占去了電腦硬盤三十多個G。

　　於是，到了刪選照片的時候，就成了一項艱巨的挑戰。

　　我有點強迫症，喜歡把照片存在電腦裡，按照時間、地點整齊排列好，一個個文件夾看上去就好像一個個記憶的盒子，打開後，舊時空裡的風景和氣味慢慢散開，帶出來每張照片背後的聯想：在愛丁堡，為了去樓頂拍下整座城市的夕陽，跟酒店的工作人員央求半天，連威脅帶撒嬌才說服他幫我破例打開了二十五層行政樓的大門；在日落大道的復古理髮店，為了記錄上世紀八〇年代的美國風情，花了五十美元理了一個奇醜無比的新髮型，還被張百萬開玩笑說，是不是打算去好萊塢演美國大兵；還有一

次在倫敦出差，回國前終於有點自由時間就一個人帶著手機去諾丁山拍照，結果徹底迷路，把錢包落在了計程車上，還差點拖累大部隊趕不上飛機。

整理照片的時候，我突然發現，好像太順利的旅行記憶通常很雷同，不管是紐約帝國大廈、洛杉磯環球影城、倫敦泰晤士河還是首爾的壁畫村，留給我的印象大概都是那天好開心、那個建築好壯觀、那個風景好美、好美、真的好美，沒了。

也許是因為在出發之前，我們透過經典的電影場景、別人的旅遊攻略，甚至夢中的想像，太清楚完美的旅行應該是什麼樣子的。於是當一切「美夢成真」的時候，少了新鮮、少了驚喜、少了可以用語言形容出來的那一份特別。

反而是那些過程不太順的經歷，成為了我們日後每次說起來都覺得很糗卻很具體、很好笑、很難忘的獨家回憶。

旅行是這樣，生活更是。

你可能不記得小時候每一晚安穩的長夜，但一定忘不了有一次發高燒半夜去醫院忍痛打的退燒針；你可能不記得自己得意時周圍有多少歡呼，但一定忘不了吃苦的時候，心底那個叫自己堅持下去的聲音；你可能不記得因為想到一個人傻笑，卻一定忘不了因為想念一個人流淚。

那些當時看起來狼狽不堪的囧態，其實都是我們和逆境對抗的勇敢。

做為一個手機攝影愛好者，雖談不上勇敢，但總感覺自己挺酷的。尤其是看到微博上，有人不可置信地說「這是用手機拍的？鬼信啦！」的時候，那些發自肺腑的質疑倒成了最實在的鼓勵。在這裡，我要對賈伯斯發誓，這本書裡的每張照片都是哥用手機拍的，哥真心連一臺單眼都沒有。

從二〇一二年第一條帶著#手機攝影愛好者#話題的微博，當時只有一條轉發，十二條評論，到現在竟然可以把這些手機拍的照片集結成圖文書出版。還有許多網友帶著上本書裡送的Best小人去旅行，拍下很多有意思的手機攝影照片在微博圈我們。那些Best小人去過的地方，連起來應該真的可以繞地球一圈了吧。

我想之所以愛好手機攝影，是因為它無關乎焦距遠近、鏡頭型號、光

圈大小等等複雜的專業標準，很方便、很即時、不加掩飾地記錄了我們生活中遇到的喜悅和憂傷，脆弱和堅持，就是彼刻本來的樣子。

　　如果說我們的上一本書《你是最好的自己》是一針強心劑，給了你不少前行的力量。那麼，這本書我們希望它會是你的止痛藥，在前行的時候當你遇到挫折時，學會調適，讓自己舒服一點，發現自己還不夠強大的時候，學著感謝，因為感謝有著無比神奇的力量，那些你發自肺腑感謝的，才是你踏踏實實擁有的。

　　躊躇不前的時候不如先停一停，想想自己是多麼勇敢才走到這裡。要記得，翻山越嶺後得到的喜悅一定比唾手可得的快樂更盛大。

　　跟自己說一聲，謝謝自己夠勇敢，然後繼續跑吧，帶上我們這片止痛藥，它沒有賞味期限。

总有一天，无论你在哪，
也都能照顾好自己，那样一生也算白活过

{ 終 } *end.*

謝謝自己夠勇敢 / 張皓宸著. -- 初版. -- 臺北市：皇冠,
2019.05
面；公分. --（皇冠叢書；第4756種）(張皓宸作品集；3)

ISBN 978-957-33-3445-3(平裝)

855   108005349

皇冠叢書第4756種
張皓宸作品集 3
謝謝自己夠勇敢

作　　者—張皓宸
發 行 人—平雲
出版發行—皇冠文化出版有限公司
　　　　　台北市敦化北路120巷50號
　　　　　電話◎02-27168888
　　　　　郵撥帳號◎15261516號
　　　　　皇冠出版社(香港)有限公司
　　　　　香港上環文咸東街50號寶恒商業中心
　　　　　23樓2301-3室
　　　　　電話◎2529-1778　傳真◎2527-0904
總 編 輯—龔橞甄
責任主編—許婷婷
責任編輯—陳怡蓁
美術設計—王瓊瑤
著作完成日期—2015年
初版一刷日期—2019年5月
初版二刷日期—2019年6月
法律顧問—王惠光律師
有著作權·翻印必究
如有破損或裝訂錯誤，請寄回本社更換
讀者服務傳真專線◎02-27150507
電腦編號◎567003
ISBN◎978-957-33-3445-3
Printed in Taiwan
本書定價◎新台幣350元/港幣117元

● 皇冠讀樂網：www.crown.com.tw
● 皇冠 Facebook：www.facebook.com/crownbook
● 皇冠 Instagram：www.instagram.com/crownbook1954/
● 小王子的編輯夢：crownbook.pixnet.net/blog